EL SECRETARIO Y EL LUCHADOR

Evie Drae

 clandesdyne

clandesdyne

Publicado por
CLANDESDYNE
PO Box 621
Barberton, OH 44203-0521
www.clandesdyne.com

Esta es una obra de ficción. Los nombres, personajes, lugares y sucesos son producto de la imaginación del autor o se usan de forma ficticia. Cualquier parecido con personas reales, vivas o muertas, establecimientos, eventos o lugares es una coincidencia. Título: Forjado a fuego

Título original: Beauregard and the Beast
Copyright © 2020 Evie Drae
Diseño de portada: Clandesdyne
Copyright © 2020
www.clandesdyne.com

El contenido de la portada es únicamente ilustrativo y cualquier persona que aparezca en ella es un modelo.

Impreso en los Estados Unidos de América.

ISBN: 978-1-952695-07-0

Para mi marido, Benjamin, y nuestro bebé peludo, Bacchus. Sin vuestro amor infinito, apoyo y paciencia, no podría hacer lo que hago.

EL SECRETARIO Y EL LUCHADOR

Evie Drae

Érase una vez
en Las Vegas

Capítulo uno

Incluso con el aire acondicionado puesto, el sol de Las Vegas era agobiante en el interior de la extensa propiedad de Adam en el desierto. Los rayos de la última hora de la tarde se colaban a través de las cortinas y caían en bandas regulares sobre el color gris del sofá de cuero, calentando la piel desnuda de Adam.

Definitivamente, había tomado la decisión correcta al no ponerse nada más que unos calzoncillos para pasar un domingo sin hacer nada.

Cuando sonó el timbre, haciendo eco a través del espacio abierto de los dos pisos de su casa, Adam frunció el ceño. Apoyándose sobre un codo, apagó la televisión en la que estaba viendo el partido de los Raiders. El timbre sonó de nuevo, esta vez tres veces en rápida sucesión. Rio. Solo una persona golpeaba el timbre con esa impaciencia tan violenta.

Kyle Brian: su mánager y amigo desde hacía tiempo.

Tras ponerse de pie, Adam se apresuró hasta la puerta y la abrió. La sonrisa que decoraba su rostro se convirtió en un ceño fruncido cuando vio que Kyle no estaba solo.

Al menos quince centímetros más bajo que el metro noventa de de Adam, Kyle seguía siendo más alto que el hombre que estaba a su lado, que no podía medir más de 1,60 y pesar sesenta kilos completamente empapado.

—Se te ha olvidado, ¿verdad? —Kyle puso los ojos en blanco, golpeó a Adam en el hombro y atravesó la puerta—. Si me complico la vida para ser el chico de los recados, lo menos que puedes hacer es apuntarlo en algún sitio. Ponte una nota en el maldito espejo. Algo.

Adam entrecerró los ojos y miró de Kyle, que había ido hasta la cocina y tenía el culo en pompa mientras rebuscaba en la nevera, al hombre que seguía en su porche. ¿De qué se había olvidado? Era domingo, el único día que se tomaba de medio descanso. ¿Por qué iba a haber estado de acuerdo con lo que fuera que estaba pasando?

Las mejillas del chico nuevo se tornaron de un color rosado mientras se movía de un pie a otro. Unos ojos verdes preciosos destacaban tras un par de gafas de estilo antiguo. Sujetaba contra el pecho una bolsa de viaje llena a rebosar, y había una maleta grande a sus pies.

Fue el equipaje lo que finalmente encendió el interruptor mental de Adam. Kyle había mencionado algo a principio de la semana sobre que había recibido una recomendación de alguien que podía ocupar el lugar de su secretario. Llevaba un par de semanas sin uno, desde que su última secretaria se había prometido y huido de la ciudad del pecado para encontrar un lugar más adecuado en el que criar una familia. Contratar uno nuevo no había ocupado uno de los primeros puestos en la lista de prioridades de Adam (sobre todo porque pocas cosas que no estuvieran relacionadas con su entrenamiento ocupaban uno de esos puestos), pero a Kyle no le gustaba la idea de dejar el puesto vacante durante demasiado tiempo.

Había que admitir que Adam era olvidadizo en sus

2

mejores días y completamente obtuso en los peores. Sin otra persona en su vida para llevar su calendario y las necesidades básicas de su existencia, se convertía en un albatros colgado del cuello de Kyle. Lo que explicaba al extraño cargado de equipaje en su porche.

Para salvar su propia cordura, Kyle había decidido encargarse de encontrar y contratar un sustituto. Adam no había mostrado ningún interés en el proceso de selección o entrevistas. Confiaba en los instintos de Kyle, y si Kyle decía que el joven, que claramente estaba incómodo, era lo bastante bueno como para mantenerle a raya, Adam le creía.

Kyle reapareció con una caja de comida para llevar en una mano y una cerveza en la otra.

—¿No vas a invitar al chico a entrar? ¿O planeas dejarle de pie a cuarenta y tres grados hasta que se desmaye en tu entrada?

Adam le miró con el ceño fruncido.

—Esa es mi cena. ¿Por qué no la vuelves a dejar donde la has encontrado antes de darme razones para obligarte a hacerlo?

—Amenazar al hombre indefenso a cargo de tu carrera no es una jugada sabia. —Kyle se dirigió al salón para comerse su premio, en lugar de a la cocina para volver a dejarlo donde estaba—. Deja que el chico entre y cierra la maldita puerta. Me sudan las pelotas.

—Oh, que te jodan. —Adam se pellizcó la nariz—. Mi carrera está acabada de todas formas.

Lo cual era cierto. Bueno, casi. Tenía una pelea pronto para defender su título de peso medio. Si perdía, se acababa. Treinta y ocho años era casi anciano en el mundo de las artes marciales mixtas después de todo. Retirarse era el siguiente paso según la lógica. El único problema era que no tenía ni idea de qué hacer con su vida si dejaba de pelear.

Estiró los hombros. Ese no era el momento de preocuparse de eso. Se preocuparía cuando perdiera, lo que no tenía ninguna intención de hacer. Al menos no todavía.

Se volvió hacia su nuevo asistente personal y señaló la maleta a sus pies.

—¿Necesitas ayuda con eso?

—Ah, no, lo tengo. Pero gracias. —La voz del hombre se rompió en mitad de la frase, y, si era posible, sus mejillas se encendieron aún más hasta teñirse de un color rojo oscuro. Agachó el mentón, levantó la enorme maleta y cruzó rápido la puerta.

Adam reprimió un suspiro y la cerró. Estaba acostumbrado al miedo de la gente. Era parte del paquete. Al principio de su carrera, tras una pelea brutal por el título de peso wélter en la que había noqueado al campeón anterior en los primeros treinta segundos de la primera ronda, había recibido un mote: la Bestia. Aunque no reflejaba su verdadera personalidad, se había adaptado a las expectaciones que conllevaba y adoptado un personaje público acorde con el nombre.

Esperando calmar los nervios del hombre, le ofreció una sonrisa suave y extendió la mano.

—Ya que Kyle está muy ocupado comiéndose mi cena para presentarnos, tendremos que ocuparnos de ello nosotros. Me llamo Adam. ¿Y tú?

El tipo dejó caer la maleta con un ruido seco, hizo una mueca y cogió la mano de Adam con una palma pequeña y sudada.

—Beauregard Wilkins. Señor, ah, señor Bestia, señor.

Tragándose una risa para preservar la dignidad del joven, la sonrisa de Adam se hizo más amplia en su lugar.

—Solo Adam. Nada de «Bestia» entre amigos y definitivamente nada de «señor». —Cruzó los brazos y el movimiento le recordó su situación de desnudez. Quizás el sonrojo excesivo era un reflejo más de la incomodidad que del terror. Conocer a tu nuevo jefe mientras solo lleva ropa interior podría ser un poco incómodo, después de todo—. Así que Beauregard, ¿eh? Hacía tiempo que no lo oía.

—Ah, la verdad, prefiero Bo. —Las puntas de las

orejas de Bo se sonrojaron—. Si eso está bien, señor.

Adam levantó ambas manos.

—Eh, es tu nombre, chico. Te llamaré como quieras que te llame, mientras dejes de decir «señor». Puede que sea al menos dos décadas mayor que tú, pero prefiero que no me recuerden mi edad en la comodidad de mi propia casa.

Bo tragó saliva, y el movimiento en la garganta traicionó su intento de parecer tranquilo y sereno.

—No son dos décadas, y no soy un chico. Tengo veinticinco años. —Una chispa de emoción, cercana al enfado (o, al menos, a la frustración) se despertó en sus ojos—. No te llamaré «señor» si tú no me llamas «chico».

La posición de la mandíbula de Bo y la seguridad de sus palabras estaban en lucha con el temblor de su voz. Pero maldita fuera si la contradicción de todo ello no envió un rayo de lujuria inesperado a la entrepierna de Adam. Sobre todo con ese indicio de coraje y control que yacía bajo los nervios visibles.

No. Eso no iba a pasar. Liarse con un empleado nunca era una buena idea. Además, Adam no tenía nada serio o largo. Tenía líos cortos y líos de una noche, ninguno de los cuales sería recomendable con alguien con quien tenía que vivir después. Y se trataba literalmente de vivir con alguien. En la misma casa.

No importaba lo adorable que fuera Bo cuando se enfadaba o lo mucho que su silueta delgada y sus gafas atraían a Adam. Estaba prohibido. Era un no rotundo.

Aclarándose la garganta, Adam asintió y escondió la sonrisa.

—Me parece un intercambio justo y una petición razonable. —Estuvo cerca de perder el control cuando Bo arqueó una ceja a modo de respuesta. La chispa de sus pelotas se puso al rojo vivo y su polla dio una pequeña sacudida. Vestirse tenía que escalar puestos en la lista de prioridades—. ¿Quieres que te enseñe dónde vas a quedarte?

—Sí, por favor.

Adam apuntó al equipaje a los pies de Bo.

—¿Estás seguro de que no quieres que coja una bolsa?

—No. —Bo sacudió la cabeza. Levantó la maleta, que era casi tan alta como él, y cuadró los hombros—. Lo tengo.

—Vale. —Adam hizo un gesto para que Bo se pusiera delante de él—. Después de ti.

Cuando Bo cojeó hacia las escaleras con sus cargas, Adam tosió para esconder una risa. Joder, ese hombre era peligroso. Era adorable y mono de la mejor de las formas. Prácticamente la kriptonita de Adam en forma humana.

Un gruñido bajo se escapó de los labios de Adam cuando subía las escaleras detrás de Bo. Justo en frente de su cara tenía uno de los culos más deliciosos que había visto nunca. Era como si alguien hubiera elegido a Bo en un catálogo teniendo en cuenta todas sus debilidades.

Gafas. Delgado pero en forma. Tímido e incómodo pero con una chispa escondida. Y ese culo. Oh Dios. Nada le atraía tanto como un buen culo redondo en una silueta delgada. Lo único que le faltaba era una pasión por los libros.

Por otro lado, si las gotas de sudor en la frente de Bo reflejaban el peso de la maleta que estaba arrastrando, había una buena probabilidad de que contuviera algo más que ropa.

Una risa profunda y estruendosa sonó desde el salón. Adam apartó la atención de la tentación frente a él y entrecerró los ojos. Kyle le guiñó el ojo e hizo un gesto con la mano hacia Adam cuando sus miradas se encontraron.

Ese cabrón.

Parecía que alguien sí que había seleccionado a Bo para él. Alguien que, pese a ser el mánager de la vida de Adam, no podía entender el concepto que había tras su negativa a salir con alguien. Las relaciones solo se interponían en el camino al éxito. No podía concentrarse en su carrera (esa que ponía comida en las mesas de los dos) si estaba volviéndose loco por un jovencito sexy como Bo.

Aunque su padre no le hubiera enseñado nada más, al menos le había inculcado el sentido de la propiedad.

—¿Todo bien?

La nota de preocupación en la voz de Bo hizo que Adam apartara la mirada fulminante de Kyle. La suavizó antes de dirigirla hacia Bo. Cualquier señal de irritación previa había desaparecido, reemplazada por un ceño fruncido y un gesto de inquietud.

—Sí, todo bien. —Adam sonrió, obligándose a adoptar una expresión neutral—. Tu habitación es la segunda a la izquierda.

Bo asintió y siguió avanzando lentamente, con la maleta golpeando la madera de cada escalón mientras la arrastraba escaleras arriba.

Antes de desaparecer de su vista, Bo le hizo una peineta a Kyle y puso los ojos en blanco cuando escuchó una carcajada en respuesta.

Estaba totalmente jodido.

Capítulo dos

Bo arrastró su maleta a la habitación que la Bestia, no, que Adam había señalado como la suya. Tenía casi el mismo tamaño que el estudio que había compartido con su hermana hasta esa misma mañana.

Cuando dejó de caminar, una pared de músculo casi desnudo chocó contra su espalda. Dio un traspié, pero no cayó al suelo del modo en que su naturaleza torpe y la inercia del movimiento hacia delante le hubieran hecho hacer. En lugar de eso, un par de brazos fuertes y sólidos le rodearon la cintura y le sujetaron de pie.

—Perdona. ¿Estás bien?

La voz ronca atravesó a Bo, dejando escalofríos al hacerlo. Se pasó la lengua por los labios, pero no hizo ningún movimiento para abandonar el círculo cálido del abrazo no intencionado de Adam.

—Ah, sí. Perfectamente, gracias.

Ugh. ¿Cuál era su problema? Sí, era tímido, y decir que era torpe no empezaba a cubrir la gama de rarezas y peculiaridades que tenía, pero normalmente no era tan terrible. Había empezado muchos trabajos nuevos en los que se las había apañado con una cantidad mínima de vergüenza relacionada con su nerviosismo. Todo esto se estaba elevando a nuevos niveles de rareza.

Adam dejó caer los brazos y pasó al lado de Bo, que se había quedado congelado por la mortificación. Levantó la enorme maleta y la dejó caer sobre la cama sin mostrar el mínimo signo de esfuerzo. Como si la maleta estuviera llena de plumas, no llena hasta reventar con las posesiones más preciadas de Bo: sus libros.

—¿Qué has hecho? ¿Meter el fregadero de la cocina aquí dentro? —Adam apuntó con el mentón cubierto de barba de tres días hacia la cama mientras cogía la bolsa de Bo y la dejaba al lado de la maleta—. ¿No te ha dicho nadie que eso es lo primero que abandonas?

—Está, eh... En realidad está llena de libros.

Adam parpadeó unas cuantas veces y después dejó escapar una carcajada.

—Por supuesto que lo está.

Bo se pasó la lengua por la parte de atrás de los dientes, sin saber qué significaba la respuesta de su nuevo jefe o cuál sería la mejor respuesta. Miró la habitación con nerviosismo, evitando la tentación de mirar demasiado fijamente el torso desnudo de Adam, y se fijó en una estantería vacía que sería perfecta para sus tesoros. Respiró profundamente.

—¿Puedo usar eso?

Adam dejó escapar una risa más suave, abarcando la habitación con los brazos abiertos.

—Este espacio es tuyo. Siéntete como en casa. Ya sabes, mi casa es tu casa y todas esas cosas que se dicen.

Según la investigación que Bo había hecho antes de la entrevista de trabajo, «la Bestia» había dejado el instituto el verano que cumplió los dieciséis años para perseguir una carrera deportiva. También tenía una reputación muy bien documentada de cumplir el estereotipo de deportista tonto con un mal genio tremendo.

Por lo tanto, la primera impresión que Bo tuvo de su nuevo jefe nació de la frustración y los celos. Si le hubieran dado la opción de dejar el instituto o no, no había ninguna duda de que se hubiera quedado. Pero ese lujo había desaparecido cuando cuando su padre sucumbió tras dos años de lucha contra el cáncer. Solo unos pocos meses después de cumplir dieciocho años y los mismos meses antes de poder graduarse, Bo se había convertido en el único cuidador de su hermana de once años, Tallulah.

Ahora la pequeña Lulu tenía dieciocho años e iba a perseguir sus sueños de convertirse en ingeniera mecánica en la universidad de California, Berkeley; una universidad cara que se había convertido en el doble de cara gracias a la insistencia de Bo de que ella se alojara en la residencia por su seguridad y para vivir la experiencia universitaria completa. Incluso contando con préstamos estudiantiles, era un gasto importante.

Bo había aceptado ese puesto porque pagaba el doble de lo que ganaba trabajando más de ochenta horas a la semana en un trabajo monótono. También ofrecía un lugar en el que vivir como beneficio adicional. De haber sido de otro modo, nunca habría trabajado para alguien como Adam.

No era que tuviera nada contra los atletas profesionales, admiraba a los individuos con la energía y la resistencia suficientes para poder vivir con únicamente sus aptitudes físicas y su autodeterminación. Pero Adam «la Bestia» Littrell era uno de esos tipos que masticaba y escupía a personas como Bo a modo de entretenimiento.

Lo que hacía que sus interacciones hasta el momento fueran aún más desconcertantes. A parte de su estado de casi desnudez (y el hecho de que no pareciera sentir ningún tipo de vergüenza por ello), Adam había sido un completo caballero.

Bo se acercó a la cama y abrió su bolsa, de la que sacó un puñado de calzoncillos. Lanzó una mirada a Adam, que seguía de pie en mitad de la habitación como un centinela. Un centinela muy desnudo. Bo tragó la saliva.

—Si te parece bien, voy a deshacer las maletas.

La mirada de Adam se posó en la ropa interior que Bo estaba sujetando. Se mordió el labio, claramente tratando de suprimir una sonrisa.

El calor subió por el cuello de Bo y le calentó las mejillas. Dejó los calzoncillos fuera de la vista entre la maleta y la bolsa. ¿Estaba destinado a parecer un idiota a cada paso?

—Sí, sí, sin problema. Me pondré algo de ropa y te veré en el piso de abajo. —Adam se pasó el pulgar por los labios. Unos labios gruesos y rellenos ensombrecidos por una barba de tres días con briznas grises. La sonrisa que no consiguió esconder le iluminó el rostro con una dosis injusta de belleza.

Un hombre al que le habían dado incontables golpes en la cabeza no tenía derecho a ser tan atractivo. Por otro lado, un hombre como Bo no tenía ningún derecho a encontrar a un hombre como Adam atractivo, para empezar. Era un atleta célebre con todo el mundo a sus pies famosamente cascarrabias. Además, era el jefe de Bo.

Bo no podía arriesgar esa oportunidad. Podía tener solo veinticinco años, pero había trabajado demasiado duro para llegar a fin de mes durante los últimos siete. No, incluso pensar en lo sexy que era su nuevo jefe estaba completamente prohibido. Necesitaba estar centrado en su trabajo y en su hermana pequeña. Podía haberse perdido todas esas experiencias que solo pasaban una vez en la vida, pero haría todo lo que estuviera en su mano para asegurarse de que Lulu no se perdiera ni siquiera una. Y, sobre todo, que no se las perdiera porque a él le habían despedido por desear a su jefe.

Conseguir esa posición sin tener ninguna experiencia previa en el sector y una seria falta de educación formal significaba que tenía que ser extra cuidadoso para asegurarse de que su jefe, más atractivo que el pecado, no tuviera ninguna razón para reevaluar su decisión.

—Tómate tu tiempo deshaciendo las maletas. —Adam caminó hacia la puerta, pasándose la mano por el pelo corto de color marrón. Atravesado de plata, como su vello facial, el aire distinguido que le daba a Adam se sumó al deseo inapropiado de Bo—. Cuando hayas terminado, a lo mejor podemos comer algo y conocernos mejor. Hasta echaré al ladrón de cenas de Kyle para que su fea cara no haga que pierdas el apetito.

Bo resopló. Alto. Con una falta absoluta de gracia. Cerró los ojos y deseó ser invisible.

—Sí, vale. Bajaré en un momentito.

¿*Un momentito*? ¿Qué pasaba, que ahora tenía ochenta años? ¿De dónde salían todas esas frases? ¿Había algún almacén secreto de técnicas de humillación que se habían acumulado en su cerebro para estas ocasiones?

Cuando Adam desapareció riéndose, Bo dejó escapar un suspiro. Echó la cabeza hacia atrás y maldijo su idiotez antes de ponerse a sacar sus pocas posesiones de su equipaje. Pocas veces gastaba dinero de forma frívola en él mismo. Los libros que tenía eran anteriores a la muerte de su padre, a parte de unos pocos que Lulu había insistido en que comprara como regalos de navidad y cumpleaños para ella.

Para cuando hubo vaciado la bolsa, la cómoda no estaba ni siquiera medio llena y unas pocas camisas y pantalones colgaban de incontables perchas en el vestidor. Cerró la puerta, más avergonzado por sus escasas prendas de lo que quería admitir.

Fue extra atento a la hora de colocar sus libros en la preciosa estantería de caoba a juego con el resto de muebles lujosos del dormitorio. Pasó los dedos por todas las portadas desgastadas mientras los situaba juntos sobre la madera oscura. Imágenes de las historias escondidas en sus interiores bailaron a través de su mente.

Cuando no le quedaba nada más que sacar de la maleta o la bolsa (y no tenía más razones lógicas para evitar lo inevitable), Bo aceptó su destino. Tenía que ir al piso de abajo. Para cenar con Adam. Su nuevo jefe. No alguien a quien debiera estar deseando. Ni siquiera alguien con quien debiera estar considerando una amistad.

Solo trabajo. Nada más.

Cuando Bo entró en el salón, Adam estaba tumbado en un sofá de cuero viendo un partido de fútbol en una pantalla enorme. La camiseta negra que llevaba ahora como una segunda piel sobre un torso esculpido se levantaba para dejar a la vista una V de músculo profunda y sexy que asomaba desde unos pantalones cortos de deporte; una proeza física que Bo nunca había estado cerca de conseguir. Su estómago era plano, pero eso tenía más que ver con lo poco que comía que con cualquier intento deliberado de mantener su físico.

Adam se levantó de un salto a una velocidad impresionante cuando Bo apareció en su línea de visión.

—Había empezado a pensar que te habías colado en el maletero de Kyle para no ser visto nunca más.

Bo levantó la barbilla.

—¿Por qué iba a colarme en el maletero de Kyle?

Adam se encogió de hombros y... ¿se había sonrojado? Sus mejillas se volvieron de un tono rosa de lo más bonito. Agachó la cabeza, metiendo las manos en los bolsillos de los pantalones holgados.

—Pareces un poco asustado. Pensaba que podrías estar pensándote dos veces la decisión de trabajar para alguien con mi reputación. No se me conoce por ser precisamente una compañía divertida, después de todo. Además, ya sabes, te recibí en ropa interior. No ha sido mi mejor momento.

Un gritito se escapó de los labios de Bo. Se tapó la boca horrorizado, y sus ojos se abrieron más bajo las gafas que se había descolocado en el proceso.

Se había pensado dos veces su decisión, sí. Y la semidesnudez había sido un factor a considerar, pero más debido a sus propios problemas manteniendo la profesionalidad que a cualquier preocupación sobre la falta de profesionalidad de Adam. Pero ahora ya no había vuelta atrás. Ya había renunciado a sus otros trabajos. Si quería hacer el próximo pago de la matrícula de Lulu completo y a tiempo, no podía escapar de la decisión que había tomado. Fuera o no su mejor jugada, estaba atrapado con Adam como jefe.

Un jefe grande, sexy, que seguía sonrojándose y que todavía tenía que hacer honor a su reputación de idiota.

—Perdona por eso, por cierto. Lo de la poca ropa. Se me había olvidado que ibas a venir. Soy un poco desorganizado. —Adam miró a Bo desde su altura imponente, los labios inclinados en una sonrisita torcida y autocrítica—. Un poco la razón por la que necesito un asistente personal. Alguien tiene que cuidar de mi culo o me meteré en problemas.

Bo carraspeó. Profesional. Tenía que mantenerse profesional. Incluso cuando su cerebro retorcía las palabras de Adam y producía una imagen en la que le pagaban por mirar su culo duro como una piedra.

Sí. Sobre todo entonces.

Cuadrando los hombros, Bo forzó una amplia sonrisa.

—Bueno, jefe, ¿qué hay para cenar?

Capítulo tres

Adam apagó el fuego y movió la sartén a uno apagado para que se enfriara. Usó la espátula para remover un poco las cebollas rojas que seguían crepitando en el fondo antes de mirar a Bo. Su nuevo secretario estaba apoyado en la encimera a unos pasos de distancia, con una libreta y un lápiz en la mano, observando y tomando notas mientras Adam preparaba la cena para los dos.

Bo se había ofrecido a cocinar, ya que parte de su trabajo incluía la preparación de comidas, pero Adam había insistido en que se tomara la noche para sentirse cómodo antes de lanzarse de cabeza a sus deberes. Además, con la dieta estricta de Adam y la falta de comida en la casa, hubiera sido cruel poner a Bo en una cocina desconocida y esperar que actuara. Eso sí que hubiera sido empezar con mal pie.

En lugar de eso, Adam cogió las riendas y sugirió que Bo hiciera una lista de la compra para los dos mientras preparaba la cena con cualquier cosa que pudiera encontrar. Mientras cocinaba, Bo le acribilló a preguntas sobre su dieta. Tomó notas mientras Adam le hablaba de sus comidas favoritas y le recomendaba que comprobara las recetas que había guardado su anterior asistente personal en una memoria USB.

—¿Tienes alguna alergia que deba conocer? ¿O algo que no te guste en particular? —Bo se daba golpecitos con el lápiz en el borde de las gafas. No apartó la mirada en ningún momento de las manos de Adam mientras mezclaba espinacas crudas, las cebollas salteadas y una serie de especias con medio kilo de carne de ternera picada—. Si no, soy bastante creativo en la cocina. A lo mejor puedo crear algunas recetas nuevas que encajen con tus requisitos nutricionales. Solo para, ya sabes, tener un poco de variedad.

Aunque Adam se había llevado bien con Sasha, su anterior secretaria, ella nunca había ido más allá de las tareas que Adam le pedía que llevara a cabo. Joder, ninguno de sus asistentes lo había hecho. Se adherían al plan de comidas que les proporcionaba y mantenían los armarios bien provistos de las cosas que pedía. No había creatividad. Bo ya estaba probando ser un cambio bienvenido.

—No tengo alergias y estoy abierto a prácticamente todo cuando se trata de comida. Mientras haya mucha cantidad, me apunto. —Adam escondió una sonrisa mientras daba forma a la carne en cuatro bolas de tamaño similar y las ponía sobre papel de hornear. Las metió en el horno precalentado, puso el temporizador para doce minutos y se concentró en el agua hirviendo—. ¿Puedes coger la pasta?

Bo se puso alerta, cogiendo los fideos de espinacas de la encimera con tantas ganas que casi se le escaparon volando de las manos. Agarró con torpeza el paquete antes de pasárselo a Adam sin mirarle a los ojos. Se pasó la lengua por los labios y volvió a centrar la atención en la libreta que sujetaba, como si tuviera las respuestas a las preguntas más intrigantes del universo.

—Gracias, hombre. —Adam se rio escondiéndolo

bajo la respiración y dejó a Bo tranquilo para que superase su momento de torpeza. Sí, podía estar un poco nervioso, pero sus reacciones no encajaban con la respuesta de miedo general que Adam recibía del público. Era algo nuevo y Bo se merecía todo el apoyo silencioso que Adam pudiera ofrecerle.

Dejó que la pasta hirviera seis minutos, escurrió los fideos sobre el fregadero y después mezcló un puñado de tomates cherry, espinacas y queso parmesano bajo en grasa. Cuando sonó el temporizador de las albóndigas, las sacó del horno y las mezcló con la pasta en el bol con ayuda de una pinza.

—¡Tachán! —Adam sonrió y movió un brazo de forma teatral hacia el producto final—. Señor Wilkins, me gustaría presentarte a mi pasta de espinacas con albóndigas de ternera. Espero que tengas hambre.

Bo olisqueó el aire y le devolvió a Adam una sonrisa tímida.

—Huele delicioso.

Sirvieron dos raciones (la de Adam bastante más abundante que la de Bo) y se sentaron en la mesa de la cocina. Aunque casi no bebía, Adam planteó abrir una botella de vino con la cena y estuvo encantado cuando Bo aceptó.

La conversación fue escasa al principio, pero, mientras el alcohol hacía su magia, Bo se relajó lo bastante como para responder algunas de las preguntas de Adam. Incluso hizo algunas preguntas él mismo. Para cuando se separaron por la noche, después de trabajar juntos para guardar las sobras y fregar los platos, Adam estaba seguro de que Kyle tenía que morir.

¿Qué le había hecho traer un hombre como Bo a la vida de Adam? ¿Y encima justo en ese momento? La presión de tener que concentrarse y tener éxito era mayor de lo que lo había sido en muchísimo tiempo, y su maldito mánager va y decide introducir una distracción de proporciones épicas.

Sí, Kyle necesitaba que le dieran unos golpes en la cabeza. O, como mínimo, se iba a llevar una buena bronca.

El primer día oficial de Bo en el trabajo, Adam condujo él mismo hasta el gimnasio, igual que había hecho las últimas semanas. En algún momento haría que Bo condujera, pero, por el momento, dejó que su nuevo asistente personal se familiarizara con la casa. Después de todo, tenía el gran reto de lidiar con el desastre que Adam había creado desde que Sasha se había ido.

No era que Adam fuera exactamente un guarro, pero la limpieza, la colada y las habilidades de organización en general no eran su punto fuerte. Cuando se le dejaba solo, las cosas tendían a descontrolarse. Rápidamente.

El olor a ropa limpia mezclado con químicos fuertes de limpieza atacó los sentidos de Adam en el momento en que entró por la puerta del garaje después de su entrenamiento matutino. Arrugó la nariz a modo de protesta. El olor a ropa limpia era agradable, pero ¿qué clase de guerra bioquímica estaba llevando a cabo Bo en su casa? El olor intenso a lejía corrosiva y a todo tipo de soluciones cáusticas le quemó las fosas nasales e hizo que la cabeza le diera vueltas.

Fue a la habitación en la que se encontraba la lavadora para dejar su bolsa de deporte y se encontró con Bo de rodillas en el pasillo, frotando el suelo de baldosas.

—Joder, Bo, te vas a asfixiar con todos esos vapores. —Adam tiró la bolsa en el pasillo que iba hacia la lavandería—. ¿Por qué no te tomas un descanso? Podemos salir a comer y de paso hacer la compra.

Bo se sentó sobre sus propias piernas y se pasó una muñeca por la frente.

—Ya casi he terminado aquí de todas... —Sus ojos se abrieron del todo y de puso en pie de prisa, soltando la esponja—. Madre del amor hermoso, ¿qué diantres te ha pasado?

Adam se quedó congelado cuando los dedos jabonosos de Bo le rozaron la mandíbula. La conexión despertó un fogonazo de electricidad bajo su piel. Siguió el recorrido de los dedos de Bo, que cosquilleaba, con sus propios dedos, maravillándose por la intensidad del impacto que ese breve contacto había provocado.

—¿Te han atracado? —Bo frunció el ceño y las comisuras de sus labios se inclinaron hacia abajo—. ¿Has llamado a la policía? ¿Estás herido en algún otro sitio?

Una risa salió de la garganta de Adam ante la serie de preguntas inesperadas y la expresión genuina de preocupación en el rostro de Bo. ¿Cuándo había sido la última vez que alguien se había preocupado porque estaba herido? Joder, a no ser que estuvieran cerca de amenazar su vida, él no notaba sus heridas muy a menudo. Esa era la vida de un luchador de artes marciales mixtas. Pelear era la mejor forma de entrenar, y las peleas conllevaban heridas. Pocas veces tan intensas como las que sufría en una pelea oficial, pero vívidas y sangrientas de todos modos.

—Estoy bien. Son solo unos pocos arañazos. —Adam intentó sonreír, pero la acción tiró del labio que ya tenía abierto y le derramó sangre fresca por la barbilla.

Bo ahogó un grito y rodeó la muñeca de Adam con la mano.

—Eso es más que un arañazo. ¿Dónde está tu maletín de primeros auxilios?

—¿Maletín de primeros auxilios? —Adam arqueó una ceja. No tenía nada como eso en casa. Si sus heridas requerían cuidados, Eddie, su entrenador, se los proporcionaba después de que él hubiera pasado por la ducha. Ese día el daño era mínimo, así que se había ido sin curarse.

Bo negó con la cabeza con la boca abierta.

—No me digas que tu trabajo consiste en que te den una paliza y no tienes unos suministros básicos de primeros auxilios en la casa.

Adam se quitó la sangre de la barbilla con los nudillos y encogió los hombros.

—Es un corte en el labio. Estaré bien.

—Un corte en el labio, un ojo morado y una brecha en la ceja. Eso no es estar bien. —Bo frunció el ceño y soltó la muñeca de Adam con un resoplido adorable—. Voy a añadir suministros médicos a la lista de la compra. Si vas a llegar a casa con el aspecto de algo que han matado en la carretera de forma regular, voy a necesitar algunos imprescindibles. Mientras tanto, ¿me dejarás al menos ponerte un poco de hielo en ese ojo?

Luchando contra una sonrisa que empeoraría el sangrado y haría que Bo se preocupará más, Adam dejó que Bo le agarrara de la muñeca por segunda vez y le arrastrara a la cocina. Se deleitó en la calidez suave del contacto con Bo y el cuidado amable que yacía tras su preocupación.

Nadie había sobreprotegido a Adam o cuidado de sus heridas del modo en que Bo estaba haciendo entonces, y mucho menos ninguno de sus asistentes personales. Incluso su propia madre siempre había tenido una actitud distante, prefiriendo con creces preocuparse por la última antigüedad cara que había comprado que por lo que fuera que estuviera pasando en la vida de su único hijo. Su falta de naturaleza maternal había ayudado mucho a construir el exterior duro del que dependía ahora, pero también había destruido cualquier oportunidad de una relación entre ellos.

Después de que su padre le sacara del instituto para centrarse completamente en su debut en el octágono, Adam prácticamente no había visto a su madre. La última vez había sido hacía cinco años, por completa casualidad cuando se encontró con ella en el aeropuerto, de entre todos los lugares posibles. Habían intercambiado algunas palabras cordiales y escapado a sus respectivas terminales sin mirar atrás.

Ahora, mientras un extraño sujetaba una bolsa de

hielo casera sobre su frente dolorida y le ofrecía un trapo frío con el que presionar el labio hinchado, el corazón de Adam se paró un momento antes de dar un salto mortal y volver a la vida. Nunca antes le habían mimado, pero era algo a lo que podría acostumbrarse.

Capítulo cuatro

Bo sujetó con fuerza las dos tazas de café humeante mientras seguía de pie fuera del dormitorio de Adam. Eran solo las seis y cuarto de la mañana, lo que no era temprano en su mundo, teniendo en cuenta que solía levantarse a las cuatro todos los días, pero Adam había probado ser cada parte del reto que Kyle le había prometido que sería, sin importar la hora.

Cuando Bo había ido a la primera entrevista para ser el asistente personal de Adam, una de las preguntas de Kyle había dado vueltas a la idea de si estaría cómodo «llegando a lo físico». Cuando había preguntado qué quería decir con eso, Kyle había contestado, con una sonrisita: «Adam Littrell es lo más alejado de un madrugador que conocerás nunca. Como su asistente personal, será tu trabajado sacarle de la cama. Eso conlleva varias dosis de café bien cargado y una buena paliza».

Esa era la tercera mañana seguida que Bo se había enfrentado a la puerta de Adam con un café cargado en la mano y la tercera mañana seguida que había tenido un nudo en el estómago.

El primer día había sido el peor. Conseguir el coraje para entrar en la habitación de su jefe mientras él seguía dormido, aunque abiertamente invitado y completamente esperado, había requerido todas las reservas que le quedaban a Bo.

Casi se había dado la vuelta y salido huyendo cuando se había encontrado a Adam enredado en las sábanas y con solo un par de calzoncillos ajustados puesto. Sobre todo cuando se dio cuenta de que su siguiente movimiento requería gatear sobre la cama y posar las manos sobre la piel caliente y desnuda de Adam. De alguna forma, lo había conseguido, y, tras lo que probó ser una paliza aún mayor de lo que Kyle había predicho, Adam al fin se había despertado.

Pese a llevar dos victorias exitosas a sus espaldas, los nervios seguían enredándose en el estómago de Bo al pensar en entrar en la habitación de su jefe y sacudirle hasta que se despertara. Era su trabajo. Adam dependía de él para que le ayudara a empezar el día. Eso era todo. Era tan inocente como un padre despertando a su hijo para el colegio. No tenía nada que ver con las fantasías intensas que mantenían a Bo despierto de madrugada.

Todo lo que había entre ellos era platónico y profesional. Nada más. Necesitaba mantener eso en mente o despertar a Adam podría acabar con él.

Carraspeando, Bo acumuló coraje, agarró ambas tazas con una sola mano y empujó la puerta. Como las dos últimas mañanas, una luz tenue entraba desde el baño e iluminaba la forma dormida de Adam. Si el desastre enredado de sus sábanas tenía algún significado, Adam se movía mucho mientras dormía; algo que no terminaba de encajar con lo prácticamente imposible que era despertarle por las mañanas. Pero la verdad era que parecía que compartiera la cama con un huracán.

Bo entró en el dormitorio y dejó los cafés en la mesilla de noche de Adam. Se mordió los labios cuando Adam husmeó, se dio la vuelta y alargó un brazo perfectamente esculpido, casi como si estuviera intentando alcanzar a Bo mientras seguía dormido. Ese pensamiento hizo que el estómago ya afectado de Bo se encogiera de nuevo. Respiró para tranquilizarse antes de subirse a la cama, mordiéndose la lengua, y darle un empujón fuerte a Adam.

Cerrando los labios suavemente, Adam apartó la cabeza, pero no dio ninguna otra señal de haber registrado la presencia de Bo. Acercándose un poco más, Bo inclinó las rodillas para hacer palanca y puso ambas manos en la firme calidez del hombro de Adam. Esta vez sacudió con todas sus fuerzas, diciendo el nombre de Adam mientras lo hacía.

Un resoplido de sorpresa señaló el primer paso de Adam hacia la tierra de los vivos. Bo le soltó tan pronto como esos ojos grises, pesados por el sueño, se abrieron y se encontraron con los suyos. Se inclinó, cogió la primera taza de café y la sujeto como la ofrenda de paz que era.

—Buenos días. Perdona. Espero no haberte asustado.

Adam parpadeó despacio unas cuantas veces antes de frotarse la cara con una mano y levantarse apoyado sobre un codo. Los músculos de su pecho y sus hombros hicieron pequeñas olas bajo la piel tensa, los contornos más afilados gracias a las sombras que formaba la luz suave del baño. Aceptó la cafeína líquida y gruñó a modo de agradecimiento antes de beberse todo el café de un trago.

Después de quitarle a Adam la taza vacía, Bo saltó de la cama. Agarró la porcelana con las dos manos y miró los restos que Adam había dejado para evitar que su mirada viajara sobre el torso desnudo de su jefe mientras se estiraba desperezándose.

—Gracias por el elixir de la vida, hombre. —Adam bostezó, y su mandíbula crujió con el movimiento. Acolchó las almohadas y se apoyó en el cabecero de la cama—. ¿Qué hay en la agenda de hoy? ¿Algo mortalmente aburrido para lo que tenga que empezar a planear una excusa ahora?

Bo miró a Adam a los ojos, tragándose un gemido ante la visión del pelo de recién despertado y la sonrisa perezosa de la mañana. Dejó la taza vacía en la mesilla, cogió la llena y se la pasó a Adam. Ya había aprendido que una taza nunca era suficiente, y discutir los detalles monótonos del horario de Adam siempre se hacía menos pesado con una dosis extra de cafeína.

—Aparte de tu entrenamiento habitual, Eddie debería venir esta tarde con algunos vídeos de Zaragoza para que los veas. Oh, y Kyle quería estudiar contigo algunas propuestas de contratos de patrocinio. Dijo que vendría antes de cenar.

—Por supuesto que dijo eso. —Adam rio, llevándose la taza a los labios. La segunda taza siempre se la bebía con un poco menos de desesperación que la primera. Más a sorbos que de un solo trago—. Ese maldito parásito solo quiere una comida gratis.

Ofreciendo un sonido evasivo en respuesta, Bo se dirigió hacia la puerta. Necesitaba salir de allí antes de que Adam apartara las mantas y le diera más material a su imaginación incansable.

—Empezaré a preparar tu batido. ¿Te apetece chocolate o vainilla esta mañana?

—Mmm, chocolate. —Adam ronroneó la respuesta, y Bo tuvo que tragarse un gemido ante los pensamientos inapropiados que conjuraba esa voz profunda por las mañanas. Murmuró algo a modo de respuesta y se apresuró a salir de la habitación antes de que Adam tuviera oportunidad de decir algo más o revelar más piel.

Cuando Adam entró en la cocina quince minutos más tarde con la ropa de entrenamiento puesta y una bolsa de tela llena de ropa limpia sobre el hombro, Bo encogió los dedos de los pies sobre las baldosas para centrarse. Se había levantado pronto esa mañana para sorprender a Adam con una de las nuevas recetas que había buscado en Internet, pero en ese momento los nervios estaban empezando a apoderarse de él. ¿Y si Adam odiaba lo que había preparado? ¿Y si se saltaba el desayuno a propósito o se sentía obligado a comerse lo que Bo le ofreciera y después acababa con un reflujo ácido o reflejos lentos como resultado?

Adam levantó la barbilla y olfateó el aire.

—Huele más a chocolate que de normal. Me gusta. ¿Qué es?

Tragándose los nervios que le cerraban la garganta, Bo apuntó a un recipiente de plástico que estaba junto al vaso de batidora con el batido de proteínas de leche de coco y chocolate para después del entrenamiento de Adam.

—Yo, eh, te he hecho algunas bombas de grasa veganas. Sé lo mucho que te gusta el chocolate, y la página web en la que encontré la receta decía que las bombas de grasa son buenas para comer antes del entrenamiento. No te sientas como si tuvieras que...

—¿Me has hecho bombas de grasa? —El rostro de Adam se iluminó como el de un niño que había visto una montaña de regalos de cumpleaños. Después de dejar caer la bolsa se acercó al recipiente, le quitó la tapa y sonrió al ver las bolas grumosas que había dentro—. ¿Bombas de grasa con chocolate?

Antes de que Bo pudiera pensar una respuesta sensata, Adam se metió una de las bolas en la boca. Cerró los ojos mientras daba un mordisco, dejando caer la cabeza con un gemido decadente y profundo.

—Oh Dios mío, tío, podría besarte ahora mismo.

Bo se retorció ante el efecto embriagador de esas palabras. Era solo una frase hecha, no algo que Adam hubiera dicho en serio, pero hizo que a Bo se le erizara el pelo de la nuca y que un escalofrío le recorriera la espalda.

Tenía que controlarse. Desear a su jefe era lo último que debería estar haciendo. Con una valentía falsa nacida únicamente de la desesperación por hacer algo, cualquier cosa, para distraer sus pensamientos descarriados, Bo cogió las llaves de Adam. Había conseguido una pequeña prórroga de los deberes de conducción que incluía su puesto de trabajo manteniéndose ocupado en la casa los primeros días, pero no podía evitarlo para siempre. Parte de su trabajo consistía en conducir a Adam por la ciudad después de todo.

Hasta ahora, Adam no conocía el miedo moderado (vale, más bien moderadamente enorme) de Bo a conducir. Incluso en Indian Springs, su pequeña ciudad natal en Nevada, con solo unos cientos de residentes permanentes y sin tráfico de turistas, Bo había estado tenso conduciendo por las calles. Pensar en enfrentarse a las calles atestadas de Las Vegas le aterraba.

Pero estaba haciendo esto por Lulu. Podía lidiar con unas pocas horas al volante cada semana si eso significada que su hermana pequeña podía ir a la universidad de sus sueños y tener un dinero extra para disfrutar de la vida al máximo mientras estaba allí.

—¿Qué tal si te llevo al gimnasio? —Bo se obligó a sonreír—. Puedes comer mientras conduzco.

Adam dejó de masticar y arqueó una ceja a modo de pregunta.

—¿Estás seguro?

Una risa algo delirante escapó de la garganta de Bo. Cuadró los hombros y asintió.

—¿Por qué no iba a estarlo?

—La verdad es que me dio la impresión de que conducir no te gustaba mucho. —Adam cerró la tapa del recipiente de plástico y cogió la bolsa de tela. Metió las bombas de grasa y el batido de proteínas en el bolsillo frontal—. No es un requisito. Puedo conducir yo.

Vale, a lo mejor Adam sí que conocía el miedo ridículo de Bo. Todavía más razón para superarlo.

—No, no. No me importa. Estaba intentando acostumbrarme al trabajo los últimos días, pero ahora estoy listo para pisar el acelerador.

Adam se pasó la lengua por los labios dibujando un círculo lento e hipnótico y humedeciendo cada milímetro antes de cerrarlos y ofrecerle un asentimiento de cabeza.

—Perfecto, entonces. Vamos allá.

Mientras se dirigían al garaje, el peso cálido de la mano de Adam aterrizó en el hombro de Bo. Cuando Bo miró en su dirección, Adam le sonrió mostrando los dientes.

—Gracias. Por todo. No estoy muy acostumbrado a que la gente preste atención del modo que haces tú. Es agradable.

El calor subió por el cuello de Bo para morderle las mejillas. Agachó la cabeza.

—No es gran cosa.

—Sí, bueno, yo creo que sí. —Adam apretó el hombro de Bo con suavidad antes de apartar la mano. Abrió la puerta del garaje y le hizo un gesto a Bo para que pasara delante.

—Vamos a arrasar las calles, ¿no?

Capítulo cinco

—¿Por qué pareces más cascarrabias de lo habitual? —Kyle le dio a Adam un puñetazo en el hombro antes de cubrirse los ojos frente al sol de la última hora de la tarde—. Pensaba que para ahora ya estarías cantando versiones desafinadas de esos musicales horteras que tanto te gustan y volviéndome loco.

—Cállate la puta boca. —Adam dejó la bolsa de deporte en la acera y le dirigió una mirada asesina a su mánager—. Tu pequeño plan te ha salido completa y totalmente por la culata, gilipollas.

—¿Oh? —Había humor en la voz de Kyle mientras bajaba la mano y en su lugar entrecerraba los ojos—. ¿Cuál es el problema? Pensaba que Bo era exactamente tu tipo.

Adam crujió los nudillos y evitó su mirada. No podía dar a conocer lo acertada que era esa afirmación o Kyle nunca le dejaría olvidarlo.

—Para un rollo rápido, seguro. Pero has ido y has metido al tío a vivir conmigo. Hace mi colada, por el amor de Dios. Y me saca de la cama por las mañanas. No es la situación ideal para divertirse en el dormitorio. Podría hacer las cosas algo incómodas después.

Kyle tuvo el valor de reírse. No, no solo reírse, estaba riéndose a carcajadas. El sol se reflejaba en sus dientes, el brillo reflejado en esas perlas blancas un contraste afilado con el color caoba de su piel. Incluso siendo veinticinco años mayor que Adam, se podría pensar que era diez años más joven que él. Sobre todo por las rastas cortas y trenzadas en las que casi no había rastro de gris. Todo lo contrario al pelo corto de Adam recorrido de briznas plateadas.

Estaba haciéndose mayor de verdad. Demasiado mayor, si su cuerpo dolorido tenía algo que decir al respecto. El entrenamiento había sido intenso, pero no más de lo que lo eran sus entrenamientos diarios. Y aun así le dolían los músculos y había perdido tanta energía al final que se había retirado en una pelea que debería haber ganado fácilmente.

—¿Has pensado alguna vez en probar algo que no sea un «rollo rápido»? —Kyle se mordió los labios y negó con la cabeza—. Tenía la esperanza de que encontraras algo de felicidad que pudiera ser tuya fuera de las peleas. Te mereces un poco de compañía además de mis viejos huesos y esos cuerpos aleatorios a los que golpeas para olvidar después. Tanto dentro como fuera del ring.

Adam no tenía ningún interés en el tipo de relación que Kyle estaba insinuando que necesitaba. Mientras su carrera siguiera siendo viable, no podía permitirse la distracción. Incluso si Bo probaba ser de hecho una distracción deliciosa.

Kyle le dio otro puñetazo en el hombro. Como el boxeador retirado que era, sus golpes seguían siendo fuertes. Adam cubrió una mueca de dolor con un gruñido.

—Cuidado, abuelo. No he dormido bien esta noche. Estoy cansado e irritable.

—Estás lleno de excusas hoy, ¿no? —Kyle puso los ojos en blanco—. Tienes treinta y ocho años, hombre. Ya es hora de que pienses en sentar la cabeza. En empezar una familia. A lo mejor tener algunas pequeñas Bestias a las que pueda balancear en la rodilla y contarles historias de los días dorados de su papá.

Era el turno de Adam de mirar al cielo cuando su Mercedes Maybach plateado se paró en la acera con Bo al volante. Justo a tiempo. El maletero se abrió, y Adam dio la vuelta al elegante coche deportivo para dejar su bolsa. Le guiñó el ojo a Kyle con rapidez bajo el escudo protector. Aunque casi todo lo que había dicho iba en serio (vivir con Bo había probado ser un desafío mayor de lo que había imaginado) no quería que su mánager pensara que estaba enfadado con él.

Ser la Bestia quería decir que tenía que adoptar un papel cuando estaba en público. Sí, lo había exagerado un poco esa tarde, pero estaba agotado de verdad. Y hacerse mayor era solo parte del problema.

No había mentido cuando había dicho que no había dormido bien. No había hecho más que dar vueltas toda la noche, igual que las seis anteriores.

El pequeño culo irresistible de Beauregard Wilkins era el culpable. Saber que estaba durmiendo solo unas puertas más allá hacía cosas inexplicables con la libido de Adam. Cosas inexplicables que estaban absolutamente prohibidas, lo que significaba que las deseaba todavía más.

Nunca había sido alguien que se retirara de un desafío, y eso era lo que Bo representaba. Luchar contra las ganas de tomar esos labios hechos para ser besados hacía que Adam estuviera distraído cuando debería estar concentrado en el entrenamiento.

La tensión sexual que crepitaba entre ellos no podía negarse, y aun así Bo se aseguraba de mantener su relación profesional al frente de cualquier interacción. Nunca había ninguna duda de cuál era su puesto, ni siquiera cuando Adam le pillaba desviando la mirada hacia lugares decididamente no relacionados con el trabajo.

Lugares que se sacudieron en los calzoncillos de Adam solo de pensar en cómo se abrían los ojos verdes de Bo al darse cuenta de que le habían pillado. En más de una ocasión.

Luchando contra una sonrisa, Adam cerró el maletero, le dio una palmada a Kyle en el hombro y entró en el interior fresco de su coche favorito. Su estómago se encogió cuando su mirada se encontró con los ojos salvajes de Bo, que agarraba con fuerza el volante a las dos y diez como el buen conductor aterrado de Las Vegas que era.

—¿Bo? —Adam frunció el ceño. El tío parecía seriamente agitado—. ¿Quieres que conduzca yo hasta casa?

El gimnasio de Adam estaba en La Franja, pero no por mucho. Estaba en Paradise, casi al lado de Tropicana, lo que quería decir que la forma más eficiente de llegar desde su casa en Enterprise era atravesar el Boulevard de Las Vegas. Cada vez que Bo hacía ese viaje, se ponía un poco de color verde.

Esta vez parecía un muerto viviente. Estaba pálido y enfermizo, y tenía la frente cubierta por una capa de sudor.

—No, nop, estoy bien. —Los labios de Bo se levantaron en una sonrisa temblorosa para después caer en una mueca—. Puedo hacer esto. Lo prometo. Estoy bien. Estaré bien.

Adam se giró hacia Bo e inclinó la cabeza.

—Eso no lo dudo, pero tampoco me importa conducir. De hecho, me encanta. Es más fácil que me traigan porque aparcar puede ser un reto, pero no me importaría nada venir conduciendo...

—No. —Los nudillos de Bo se volvieron blancos cuando agarró el volante con más fuerza, torciendo el rostro—. Esto es parte de mi trabajo. Puedo hacerlo. Estoy bien.

Conducir en Las Vegas no era apto para cardíacos, especialmente alrededor de La Franja. Adam no podía culpar a Bo por ser un manojo de nervios, sobre todo teniendo en cuenta que venía de un pueblo pequeño bien alejado de los límites de la ciudad. Había admitido que solo había visitado las áreas turísticas un puñado de veces, y la mayoría habían sido antes de que fuera lo bastante mayor para disfrutar de lo que tenían que ofrecer.

Eso era algo que Adam pensaba cambiar. Podría tener que guardarse las manos (y otras partes del cuerpo) para sí mismo, pero eso no quería decir que no pudiera disfrutar de la compañía de Bo de otras formas más platónicas. No era la relación que Kyle había querido que encontrara, pero podía encontrarse con él a medio camino. Una amistad era segura. No le distraería demasiado o se arriesgaría a que su cabeza no estuviera en el juego.

—Eh, no estoy dudando de tus habilidades. No me importaría, especialmente para mis propios entrenamientos. Normalmente hay sitio para aparcar detrás. Si te digo la verdad, estoy siendo un vago al dejar que me traigas. —No estaba seguro de por qué, pero algo le dijo que añadiera otra confirmación—. Tu trabajo no está en peligro. Confío en que estarás aquí si te necesito, pero no me importa conducir.

Bo se desinfló, golpeando el volante con la cabeza cuando sus hombros se hundieron hacia delante.

—¿Por qué eres tan bueno conmigo todo el tiempo? Pensaba que se suponía que eras un capullo.

Cuando Bo volvió la cabeza a la velocidad del rayo, alarmado por sus propias palabras, una carcajada reemplazó la risita que casi se escapa de los labios de Adam.

—No... No quería decir eso. Lo siento. Eres mi jefe. No eres un... un capullo

Adam movió la mano en el aire para quitarle importancia a la disculpa de Bo.

—No te preocupes. Estoy acostumbrado. Tengo que dar la sensación de ser un capullo o mis oponentes no se sentirán intimidados. Si supieran quién soy de verdad, me echarían del octágono a carcajadas.

Bo apretó los labios.

—¿Y entonces quién eres de verdad?

Un pensamiento cobró vida, y Adam se frotó las palmas de las manos. Era hora de darle a Bo una mejor idea de quién era la persona para la que trabajaba.

Mirando su teléfono, Adam sonrió. Todavía era temprano (sobre todo para los estándares de Las Vegas) y era sábado por la noche. Los domingos eran los únicos días que tomaba libres, a no ser que estuviera en un campo de entrenamiento, así que el momento no podía ser más perfecto.

Tecleó el código de desbloqueo y después abrió el menú. Bo le frunció el ceño, pero Adam se concentró en la tarea que tenía entre manos. Una vez terminada, dejó el teléfono en el posavasos y apuntó al cinturón de seguridad de Bo.

—Quítate eso y cámbiame el asiento. Yo conduzco.

—No, te lo he dicho, puedo...

—Esto no tiene nada que ver con cualquier debilidad por tu parte. Quiero conducir. —Adam presionó el botón para soltar el cinturón de Bo—. Además, el lugar al que vamos es una sorpresa.

El rostro de Bo se arrugó en una expresión confusa y adorable. Torció el labio y arrugó la nariz y las cejas.

—¿Una sorpresa?

—Sí, una sorpresa. Ahora, fuera. —Adam abrió su puerta, salió del coche y corrió al lado del conductor, donde Bo todavía no había movido un solo músculo. Tiró de la puerta y después rodeó con la mano el brazo delgado de Bo—. Vamos. A no ser que tengas alguna otra cosa planeada para esta tarde... Mierda. Ni siquiera se me ha ocurrido preguntar. ¿Tienes algo?

—¿Algo qué?

Adam rio.

—¿Tienes planes? Es sábado por la noche. Ha sido presuntuoso por mi parte asumir que no los tienes.

Bo era atractivo, después de todo. Probablemente

tenía una cita. O, joder, por lo que Adam sabía, podía haber tenido intención de pasar la noche con su pareja. No estaba fuera de las posibilidades. Las conversaciones ligeras de los últimos días se habían mantenido alejadas de los detalles personales.

Un pinchazo ridículo de lo que solo podían ser celos atravesó las entrañas de Adam. ¿Desde cuándo se ponía celoso? Desde nunca, eso era. Frunció el ceño.

Bo tragó saliva y salió del coche.

—Había planeado poner un par de lavadoras.

A lo mejor era eso. A lo mejor era la domesticidad. Los anteriores secretarios de Adam habían sido mujeres u hombres heterosexuales. No había habido ni una chispa de atracción entre ellos. Pero esto era diferente. Bo era diferente. Cuando lavaba la ropa de Adam, hablaba sobre su horario del día o le sacaba de la cama con una taza de café y un empujoncito adorable, no sentía lo mismo que había sentido con los otros. Parecía casi íntimo.

Adam apuntó al asiento del copiloto.

—La colada puede esperar. Sube.

Bo obedeció sin protestar, pero, mientras se ponían los cinturones y Adam arrancaba el motor, se aclaró la garganta.

—¿Exactamente a dónde vamos?

Guiñándole el ojo a Bo, Adam empezó a conducir entre el tráfico.

—Voy a enseñarte al hombre tras la Bestia.

Capítulo seis

—Todavía no entiendo por qué no hemos podido parar en la casa para cambiarnos de ropa. No está tan lejos. —Bo se movió de forma incómoda, con los pies en un par nuevo de botas de cuero. Tiró de las mangas de la camisa de color gris pizarra que Adam había elegido para él e intentó no pensar en cuánto había costado todo. Solo los vaqueros de diseño habían costado más de doscientos dólares—. Esto parece excesivo.

Adam guardó la cartera en el bolsillo trasero de sus propios vaqueros desgastados recién comprados. Le dio las gracias al dependiente y aceptó las bolsas de la compra que contenían la ropa que llevaban cuando habían entrado a la tienda. Se volvió desde la caja y se encontró con la mirada recelosa de Bo.

—Porque, pequeño saltamontes, ir de compras es parte de la experiencia. Dije que iba a enseñarte mi yo real, y esto es parte del paquete. Soy una diva cuando se trata de ropa. Solo acepto lo mejor. —Se quitó una pelusa invisible del pecho de la camisa y le dirigió una sonrisa tan amplia que Bo no pudo evitar responder con una propia—. Además, no es divertido si no tienes algo de arrogancia en tu primera noche bajo las luces de Las Vegas. Y la tendrás, señor Wilkins, porque tienes muy buen aspecto. —Adam arqueó las cejas y apuntó a la salida—. ¿Listo para empezar la fiesta?

La tela de la camisa a rayas blancas y negras de Adam le abrazaba los hombros anchos, y los músculos que había debajo se movieron mientras guiaba a Bo hacia la puerta. Era una distracción, pero Bo se obligó a mirar a los ojos grises brillantes de Adam en lugar de dejar que su mirada vagara por donde no debía. Al menos Adam estaba completamente vestido. Aunque eso no ayudaba mucho, considerando el modo pecaminoso en que las prendas se pegaban a su cuerpo.

Pasándose la lengua por los labios, Bo desvió la mirada hacia la multitud de personas que abarrotaban la acera a su alrededor.

—Tú también te arreglas bastante bien.

Adam rio, y las vibraciones profundas resonaron en Bo como el consuelo familiar de la música que sonaba a demasiado volumen en el coche. ¿Cómo sería apretarse contra él mientras emitía ese sonido? ¿Haría que los pelos de Bo se erizaran y que los nervios le bailaran bajo la piel?

Bo cuadró los hombros. Tenía que dejar de pensar así. Adam estaba prohibido. Desear a su jefe no era solamente una estupidez, sino que además estaba haciendo que su trabajo diario fuera todo un reto.

No era la primera vez que encontraba a alguien atractivo, pero sí era la primera vez que tenía que meterse en la cama todas las mañanas con ese alguien. Un escalofrío recorrió a Bo cuando pensó en tocar la piel desnuda de Adam, caliente y sólida. Gruñó y sacudió la cabeza; tenía que concentrarse.

Devolviendo su atención al presente, Bo alargó una

mano.

—Puedo llevar yo las bolsas.

En lugar de pasárselas, Adam se colgó las bolsas del hombro, sujetándolas con un solo dedo flexionado de forma relajada. El resultado era algo que podía haber salido directamente de una revista de moda. Sobre todo cuando inclinó la cabeza y ofreció una sonrisa de modelo perfecta.

—Tenemos tiempo de sobra. ¿Por qué no las dejamos en el coche y cenamos algo primero?

Bo se mordió el labio. Había protestado que Adam le comprara ropa, pero el hombre había insistido en que las considerara como un uniforme de trabajo, como si solo fuera uno de los beneficios de trabajar para él. Bo no tenía nada que fuera la mitad de bueno que esto. Las guardaría para eventos relacionados con el trabajo. Haría que la excusa fuera realidad.

¿Pero ahora una cena? ¿Y qué había planeado Adam para después? Bo hizo una lista mental de los fondos que tenía disponibles y se quedó corto. Muy corto. Pero eso no quería decir que fuera a dejar que Adam pagara. Esa noche no tenía nada que ver con el trabajo.

—No tengo mucha hambre, pero si tú... —Un grupo ruidoso salió de la entrada más cercana del casino, atrayendo la atención de Bo con sus gritos y risas agudas. Al menos una docena de mujeres, todas con varios accesorios con forma de pene, pasaron a su lado. Bo tropezó y se chocó con Adam, que dejó caer las bolsas para sujetarle contra su pecho.

Por segunda vez en menos de una semana, Bo se encontró rodeado del abrazo cálido y sólido de Adam. Y, por segunda vez, no hizo ningún esfuerzo para apartarse.

Adam rio. Aunque no era una carcajada, confirmó las sospechas previas de Bo. La piel le cosquilleaba y cada nervio de su cuerpo cantaba mientras el pecho de Adam ronroneaba contra el suyo.

—Tienes que mantener ojo avizor con esas despedidas de soltera. Te pueden pasar por encima y dejarte plano.

Bo asintió, deleitándose en el suave algodón contra su mejilla. Deseaba descansar la cabeza en el pecho de Adam, rodearle con los brazos y dejarse llevar por una oleada de endorfinas eufóricas.

Pero no debería. No, no podía.

Dio un paso atrás deliberadamente. Los brazos de Adam le apretaron brevemente antes de caer, como si el hecho de crear la distancia entre ellos hubiera sido tan difícil para él como para Bo.

Agachándose para recoger las bolsas, Adam señaló con la barbilla hacia abajo por La Franja, en dirección en la que la horda de estrepitosas mujeres portadoras de penes habían ido.

—Vamos. Tengas hambre o no, seguro que tienes espacio en el estómago para Giada.

—¿Giada? —Bo frunció el ceño. Ese nombre sonaba caro.

Adam se colgó las bolsas del hombro de esa forma reminiscente de la portada de *GQ* que distaba tanto de su personaje de la Bestia. Se pasó la otra mano por la barba corta del mentón.

—Giada De Laurentiis es una chef estrella maravillosa. Resulta que también es fan de la UFC. Nos hemos hecho amigos durante los últimos años. Le doy entradas de vez en cuando y a cambio ella se asegura de que siempre haya una mesa libre en Giada para mí. Tu boca me lo agradecerá luego, te lo prometo.

Una chispa de energía fue directa a la entrepierna de Bo cuando pensó en todas las formas en las que podría darle las gracias a Adam con la boca. Se pasó una mano temblorosa por el pelo.

—Eso suena genial, pero no tengo mucha ham...

Una mano cálida y callosa se encontró con la de Bo. Su estómago dio un salto al mismo tiempo que Adam le tiró de la mano.

—Solo da un mordisco y te prometo que cambiarás de idea. —Adam tiró de Bo hacia la marea humana, apretándole la mano cuando el ajetreo de la multitud hizo que Bo se tropezara consigo mismo—. Hoy pago yo. Vuélvete loco. Pide una ración de cada plato en el menú si quieres. No te arrepentirás de ninguna de las porciones que toque tu lengua.

Bo gimió, agradecido de que la conmoción a su alrededor cubriera el sonido. Su polla se despertó cuando más imágenes de su lengua en las «porciones» sabrosas de Adam inundaron su mente.

Adam avanzó, y la forma en que agarraba a Bo con firmeza era un consuelo bienvenido mientras la multitud le presionaba por todos los lados. Bo se apresuró a seguirle el paso, sus pensamientos errantes animados con la visión del culo perfecto de Adam.

Para cuando hubieron dejado las bolsas en el coche y Adam había había abierto camino hasta el restaurante dando codazos, el pulso acelerado de Bo tenía más que ver con su mente sucia que con el paso rápido que habían seguido hasta llegar.

Optando por no montar una escena, accedió (otra vez) y disfrutó de una de las mejores comidas de su vida. Justo como Adam había prometido. Por otro lado, los gemidos y gruñidos de Adam mientras disfrutaba de su cena, junto a las muchas veces que se lamía los labios y el modo en que se metía cada porción de forma deliberada a la boca, hacían que Bo se removiera en el asiento.

Mientras devoraban la cena, hablaron de todo un poco. La armadura cuidadosa que Bo llevaba se deslizó, y se descubrió no solo riéndose de las bromas de Adam, sino contando algunas él mismo.

El corazón le dio un vuelto cuando Adam le volvió a coger de la mano para guiarle a través de la creciente multitud. Como si no significara nada. Como si esa simple acción no volviera loco todo el sistema de Bo.

—¿A dónde vamos? —Bo luchó para mantener el paso mientras el cuerpo intimidatorio de Adam abría camino entre el mar de humanos y sus piernas largas se movían con un propósito: avanzar.

Adam le guiñó el ojo y le lanzó una sonrisita por encima del hombro.

—Te lo he dicho, es una sorpresa.

Durante la última semana, Bo había visto destellos del hombre alegre y amante de la diversión que ahora le guiaba por la agolpada Franja. Aunque aparentemente no se correspondía con la reputación sobre la que Bo había leído, este lado de Adam parecía completamente genuino. Como si el idiota desagradable que se sabía que era fuera la actuación, y este lado suave, dulce y bromista fuera su verdadera personalidad.

Bo estaba metido en un gran lío. Cuanto más tiempo pasaba con este hombre agradable, encantador y decididamente poco bestial, más fuerte se volvía esa atracción física. Desearle físicamente ya era bastante malo. No podía empezar a enamorarse de su jefe. No, ni por asomo.

Pero cuando Adam le llevó al hotel Planet Hollywood y le arrastró hasta la taquilla Wild Call fuera del V Theater, todos los fragmentos de su autodeterminación salieron volando por la ventana.

Bo recordó los ojos brillantes de Adam cuando le había guiñado uno ojo y había dicho «voy a enseñarte al hombre tras la Bestia». Esto era. Ese era el momento determinante. La gran revelación del verdadero Adam. Y llegó en forma *Evil Dead: The Musical*.

Bo quizás nunca entendería por qué aquello hacía que se le encogiera el estómago y le hiciera sonreír. Pero lo hacía. Jolín si lo hacía.

Adam soltó la mano de Bo para mostrar su identificación y su tarjeta de crédito y recibió dos entradas a cambio. Las movió en el aire, con una sonrisa de alegría en el rostro.

—Espero que no estés muy unido a esa ropa.

—Eh... —Bo miró su atuendo completamente nuevo. Arrugó la nariz—. La verdad es que ahora me gustan bastante.

Adam aceptó dos camisetas blancas de la mujer de la taquilla. Le pasó una a Bo, después agitó la otra y la sujetó para que Bo pudiera verla. En letras rojas como la sangre, decía «*Evil Dead: The Musical*. Sobreviví a la zona de salpicaduras».

Negando con la cabeza, Bo dio un paso atrás.

—No. De ninguna manera.

—Sí, ya te digo yo que sí. —Adam sonrió y se puso la camiseta—. Venga, póntela. Esta es una experiencia que solo se vive una vez en la vida y que no olvidarás nunca. Lo prometo.

—Pero...

—Nada de peros. —Adam le quitó a Bo la camiseta de las manos—. Levanta los brazos. O colaboras conmigo aquí o tendré que recurrir a hacerte cosquillas.

Bo apretó los brazos contra el cuerpo de forma instintiva para proteger los puntos en los que tenía más cosquillas.

—No te atreverías.

—Lo haría y lo he hecho. Pregúntale al gruñón de Kyle. También tuve que pelearme con él. No se arrepintió, y tú tampoco lo harás.

Con un suspiro, Bo levantó los brazos. La enorme camiseta no haría mucho para proteger sus preciosas prendas nuevas, pero la expresión de alegría infantil en el rostro de Adam fue todo el incentivo que necesitaba.

Lo que fuera que les esperara merecería la pena para ver a Adam así de feliz.

Cuando Adam le cogió de la mano y caminó hacia la entrada del teatro con una sonrisa imparable ampliándose en su rostro, Bo aceptó la derrota. ¿Cómo demonios se suponía que no iba a enamorarse de un hombre tan perfecto?

Encontraron sus asientos, en primera fila y en el centro, y Adam levantó un puño en el aire. Uno de los miembros del equipo que estaba moviéndose por el escenario le levantó los pulgares a modo de respuesta.

—¿Qué habías dicho de una vez en la vida? —Bo puso los ojos en blanco.

Adam le ofreció un encogimiento de hombros inocente, seguido de una sonrisa malvada.

—Las experiencias únicas en la vida pueden repetirse, sabes. Además, la mitad de la diversión es cantar las canciones. ¿Cómo se supone que vas a hacer eso si no lo has visto antes para aprenderte la letra?

Sí, Bo estaba metido en un lío. El hombre tras la Bestia tenía las garras en el corazón de Bo, sin importar que Bo lo quisiera o no.

Capítulo siete

El aroma celestial del café recién hecho tiraba de los sentidos de Adam, pero luchó contra la necesidad de despertarse. Su sueño actual era demasiado agradable como para sucumbir a la consciencia. En su mundo de fantasía, Bo estaba acunado entre sus brazos, la solidez cálida de su cuerpo pegada al de Adam, y unos ronquidos suaves llegaban hasta su oído.

Entrelazó más sus piernas, maravillado por cómo encajaban juntas como las piezas de un rompecabezas. Las ondas sedosas del pelo de Bo le hicieron cosquillas en el mentón cuando metió la cara en el cuello de Adam y se acomodó más cerca de él.

Era perfecto. La personificación de lo que debería ser el mundo de los sueños. Pasó una mano perezosa arriba y abajo por la espalda de Bo, deleitándose con el murmullo y el pequeño giro de caderas que le siguieron.

Cuando los ronquidos volvieron y Bo se quedó quieto en sus brazos de nuevo, los párpados de Adam se abrieron. Pestañeó contra la luz. Una vez, dos y una tercera.

¿Qué demonios?

La lucidez reemplazó los fragmentos borrosos del sueño. No estaba en su dormitorio y tampoco estaba solo.

Tan seguro como lo había estado en el sueño de Adam, Bo se apretaba contra su pecho. Sus extremidades largas se enredaban alrededor de Adam como la hiedra, y el aroma suave y silvestre de su champú peleaba contra el aroma embriagador del café.

¿Cómo habían acabado tan apretados juntos en el sofá? Adam pensó rápidamente, recordando los eventos de la noche anterior. Después de volver a casa después del musical, se habían separado para ducharse y librarse de la pegajosa sangre falsa. Bo le había dicho a Adam que volviera con su ropa para que pudiera intentar quitarle las manchas rojas.

Mientras Bo frotaba y pretataba las prendas una y otra vez, Adam había hecho palomitas. Después se habían sentado en el sofá para ver otro de sus musicales de culto favoritos: *The Rocky Horror Picture Show.*

Y después... *Ah, sí.* Después de que Bo se hubiera ocupado de la colada, pasando parte a la secadora y tendiendo el resto para que se secara al aire, había aterrizado boca abajo en el sofá y se había dormido casi de inmediato.

Todavía despierto, Adam había puesto *Shock Treatment*, la continuación de *Rocky Horror*, y había procedido a quedarse dormido sentado no mucho tiempo después. En algún momento durante la noche, Bo había acabado en el regazo de Adam. Demasiado cansado para arrastrarse a sí mismo a la cama (y, si era sincero, disfrutando de estar tan cerca de Bo), Adam les había movido hasta la posición en la que estaban ahora.

Bueno, había puesto a Bo delante suya para que los dos pudieran estirarse, pero el estilo enredadera había sido cosa de Bo. Aunque no era que a Adam le importara. Para nada.

Mierda. Dormir con un subordinado (incluso con toda la ropa puesta y sin que pasara nada) era un absoluto no. Cruzaba todos los límites posibles.

¿Entonces por qué no estaba saltando del sofá y huyendo del lugar?

Bo se sacudió mientras dormía, resopló en alarma y después se agarró incluso más fuerte. Metió la cara en el pecho de Adam, y todos los pensamientos de huida desaparecieron sin dejar rastro.

En lugar de eso, Adam volvió a acariciar suavemente la espalda de Bo, que le recompensó con el mismo murmullo adormilado y otro giro de caderas. Aunque esta vez, algo duro presionó contra la cadera de Adam y un gemido grave reemplazó los suaves murmullos.

Mierda por partida doble.

La decencia ganó contra el deseo de Adam de unirse a Bo con giros de cadera y gruñidos, aunque por poco.

—¿Bo? —Cuando no se despertó, Adam se aclaró la garganta para librarse de la ronquera matutina y lo intentó de nuevo—. ¿Bo?

En lugar de despertarse de golpe y dar un salto hacia atrás con terror como Adam había esperado, Bo hizo unos sonidos adorables con los labios y se abrazó más fuerte a Adam, murmurando.

—Buenos días.

—Ah, buenos días.

—Necesito. Café. —La mandíbula de Bo crujió con un bostezo mientras levantaba la cabeza. Cuando abrió los ojos, por su rostro se extendió una sonrisa adormilada. Durante unos tres segundos. Después el terror que Adam había esperado se apoderó de él y se apartó con tanta fuerza que acabó en el suelo con un golpe seco antes de que Adam pudiera reaccionar para sujetarle.

—Bo..

—Joder, joder joder. —El rostro de Bo se libró de todos los restos de cansancio. Sus pupilas se agrandaron y sus mejillas se mancharon de color. Caminó como un cangrejo alejándose del sofá hasta que golpeó la chimenea con la espalda y se puso de pie—. Lo siento.

Adam se obligó a levantarse del sofá, cogiendo las gafas de Bo del respaldo mientras lo hacía.

—No pasó nada. Solo hemos dormido. Lo prometo.

Bo asintió como un muñeco cabezón y se metió las dos manos en el pelo que se había alborotado y puesto de punta durante la noche. Aparte de la clara incomodidad, Bo era irresistiblemente adorable recién levantado.

Levantando las manos para indicar la inocencia de sus acciones, Adam dio un paso adelante y le pasó las gafas a Bo, que las aceptó con una mano temblorosa y se las puso.

—Gra... Gracias.

Con un suspiro, Adam se hundió en el sofá y descansó los codos sobre las rodillas.

—Lo siento mucho. Esto ha sido culpa mía. Fui yo quien nos puso en esta situación. Ha sido poco profesional e inaceptable en todos los sentidos. Si quieres irte, te pagaré una indemnización de seis meses y te ayudaré a encontrar un sitio en el que quedarte. Puedo llamar a un coche...

—¿Me estás despidiendo? —Bo cruzó los brazos, abrazándose a sí mismo de manera protectora.

—No. —Adam se levantó de golpe—. De ninguna manera. Es solo que no quiero que te sientas obligado a quedarte aquí si estás incómodo.

Bo se quedó en silencio durante un minuto mientras observaba a Adam. Al final bajó los brazos y suspiró profundamente.

—Tampoco es que yo sea exactamente inocente. —Se pasó la lengua por los labios y bajó la mirada al suelo—. Me desperté cuando tú, eh, nos moviste. Para que estuviéramos tumbados juntos.

Adam movió los hombros. Eso quería decir que Bo había estado al menos un poco lúcido cuando le había rodeado con esas preciosas extremidades. Reprimió un gemido.

—Vale. Los dos dejamos que pasara. A nuestra manera.

—Sí. —Bo inclinó los labios y se frotó el brazo con una mano distraída—. Aunque no fue una buena idea. Quiero decir, sí, vale, me siento atraído por ti, y creo que tú, a lo mejor, ¿a lo mejor sientes lo mismo? —Hizo una mueca de dolor, levantando la mirada. Cuando Adam le ofreció una media sonrisa y un asentimiento a modo de confirmación, Bo dejó caer los hombros—. Vale. Entonces... Tenemos que superarlo.

Una carcajada salió disparada desde la garganta de Adam. ¿Hablaba en serio? ¿Tenían que «superarlo»? ¿Y cómo , exactamente? Ya había sobrepasado con creces los deseos físicos que había experimentado antes.

Bo era el primer hombre por quien Adam había sentido interés con el que no se había simplemente acostado para después olvidarle. Estaba acostumbrado a satisfacer esa primera chispa de atracción sexual sin pensar en quedarse a pasar la noche, y menos aún en tener un futuro con el hombre. Pero cuando sus deseos físicos no se controlaban y se veía forzado a interactuar diariamente con el objeto de su deseo dentro de los límites de su propia casa, las cosas se complicaban. Se complicaban mucho.

Aun así, pese a la confusión que emborronaba su habilidad para pensar, sabía que Bo tenía razón. Tenían una relación profesional que no podía echarse a perder por todas las cosas sexys y sucias que quería hacerle a Bo. Que quería hacer con Bo.

Joder, ni siquiera podían hacer las cosas no sexys que su mente no hacía más que conjurar. Como desayunar los domingos riéndose mientras recordaban las aventuras de la noche anterior. O sentarse juntos en el sofá a leer. O acurrucarse en los brazos del otro para echarse la siesta por la tarde.

Vale, eso último definitivamente no era una opción.

¿Pero por qué no iban a serlo todas las demás?

Podían serlo. A lo mejor no podían ser amantes, algo que Adam nunca había buscado antes, aunque era algo que no podía negar que quería con Bo, ¿pero quién decía que no podían ser amigos? Esa sería la segunda mejor opción. Además, sería mucho más seguro. Adam necesitaba mantener la mente centrada para que su carrera no muriera antes de lo necesario. Podía trabajar con una amistad. ¿Algo más? Eso sería demasiado arriesgado.

—Estoy dispuesto a «superar» todo lo de la tensión sexual. —Adam miró hacia las escaleras y sonrió cuando se le ocurrió una idea. Algo que podía compartir con Bo que no superaría esos límites físicos. Algo especial que podían disfrutar juntos. Devolvió la mirada a Bo, que le miraba con la cabeza inclinada y un color rosa en las mejillas—. ¿Podemos acordar que una amistad estaría bien?

El rosa se oscureció hasta volverse carmesí, pero Bo tragó saliva y le ofreció un asentimiento tentativo.

—Eso me gustaría.

—Bien. —Adam dio una palmada—. Lo primero del plan de amistad es otra sorpresa.

Cuando los ojos de Bo se abrieron en lo que solo podía ser un terror falso, pero que probablemente tenía algo de emoción real, Adam rio.

—No habrá necesidad de una colada exagerada con esta sorpresa.

Bo entrecerró los ojos.

—¿Lo juras?

Adam levantó tres dedos en el juramento de honor de los Boy Scouts.

—Por mi vida.

—Vale. —Bo suspiró con exageración—. ¿Qué va a ser esta vez? ¿No pretenderás dejarme sin tímpanos otra vez? Porque, en serio, suenas como un animal herido cuando cantas. Esa tortura auditiva debería ser ilegal. Al menos, debería venir con una advertencia para que todas las personas en riesgo puedan venir preparadas con tapones.

La mandíbula de Adam se desencajó. Apoyó ambas manos sobre las caderas y le lanzó a Bo una mirada asesina. Le costó todo el autocontrol del que era capaz no echarse a reír. Que le tomaran el pelo era lo último que habría esperado después de la tensión tras despertarse. Pero le encantaba.

—¿Qué tal si te llevas el sarcasmo a la cocina y nos preparas un poco de ese elixir de la vida programado que me ha despertado del sueño de los muertos esta mañana? Intentaré con todas mis fuerzas no ponerme a cantar espontáneamente mientras recojo aquí. Nos encontramos al pie de la escalera en tres minutos. ¿Trato?

Bo sonrió.

—Trato hecho.

Adam admiró el culo del hombre mientras caminaba hacia la cocina porque, eh, los amigos también podían apreciar las vistas, ¿no?

Mientras se agachaba para recoger los cojines que habían tirado del sofá, cantó las primeras líneas de *Hot Patootite, Bless My Soul* de *Rocky Horror*. Completas con el grito agudo de Meat Loaf al principio.

La cabeza de Bo apareció alrededor de la esquina como un perro de la pradera saliendo de su madriguera. Se estaba tapando los oídos con las manos.

—Lo habías prometido.

Adam encogió los hombros mientras tiraba los cojines encima del sofá.

—Date prisa con ese café o cantaré la versión extendida. Con el doble de estribillos. Y unos pocos gritos extra ya que estamos.

Bo gruñó y desapareció en la cocina. Sin perder el tiempo, Adam retomó la canción donde la había dejado. Y maldita sea, Bo se deslizó desde la cocina en calcetines con dos tazas de café humeante en las manos antes de que Adam pudiera pasar del segundo verso.

—Bueno, ahora sé cómo conseguir un servicio rápido. —Adam se partió de risa cuando los ojos de Bo casi se le salen de las órbitas—. Es broma, es broma. Eso no sería justo. Además, soy yo el que paga tu seguro médico. No querría que subiera de precio si acabas necesitando cirugía auditiva o algo así.

Aceptó la taza que le ofreció Bo, tomó un sorbo sagrado del líquido caliente con cafeína y después hizo un gesto hacia las escaleras.

—Después de ti. La segunda puerta a la derecha y sigue recto hasta la mañana.

—¿*Peter Pan*? ¿En serio? —Bo alzó una ceja.

Adam sonrió y encogió los hombros.

—Espera a ver qué hay tras esa puerta. Citar a *Peter Pan* no parecerá ni la mitad de raro una vez lo hagas.

—¿Nada de volver a cantar?

Adam puso los ojos en blanco y asintió con la cabeza en un movimiento que quería decir «sí, sí». Apuntó a las escaleras de nuevo.

—Ve. O empezaré con mi repertorio de *Wicked*. Se me da muy bien imitar a Idina Menzel.

Bo dejó escapar un gritito y subió corriendo las escaleras. Adam disfrutó de las vistas una vez más antes de poner una sonrisa juguetona y seguir sus pasos.

Capítulo ocho

Bo subió las escaleras de dos en dos y esperó a Adam junto a la puerta. La sonrisa que tiraba de los labios de Adam cuando se reunió con él era casi ridícula. Conseguía ser adorablemente infantil e increíblemente sexy al mismo tiempo.

El pecho de Bo se quedó sin aire. No era justo. ¿Qué había hecho para merecerse el tormento de trabajar (y vivir) con alguien a quien deseaba pero a quien no podía tener?

Adam apuntó con la barbilla hacia la puerta.

—¿Vas a quedarte ahí todo el día o vas a entrar?

Con el ceño fruncido, Bo giró el pomo y abrió la puerta hacia dentro. Lo que fuera que le esperaba al otro lado no podía ser pero que quedarse allí de pie compadeciéndose del corazón que seguro le iban a romper.

Excepto que, de algún modo, lo era.

—Oh Dios mío. —Bo levantó una mano para cubrirse la boca abierta mientras entraba en la habitación. No, no solo una habitación, sino una biblioteca. Estanterías del suelo al techo en la misma madera oscura de caoba que la de su habitación recorrían todas las paredes. Más estanterías, algo más bajas para permitir que el sol de la mañana pasara sobre ellas, estaban de pie formando pasillos en el centro de la habitación. Un cómodo rincón de lectura con sillones de cuero, un reposa-pies compartido y un montón de cojines y mantas de colores se encontraba a un lado.

Adam se situó junto a él y cruzó los brazos. De algún modo, su sonrisa había aumentado de tamaño y se había hecho aún más absurda.

—Pensé que te podría gustar esto.

Bo dejó caer los brazos y negó con la cabeza.

—Debe de haber miles de libros en esta habitación. ¿Has leído alguno?

Cuando Adam arqueó una ceja, con la sonrisa convirtiéndose en una sonrisita pícara, Bo se dio mentalmente una patada en la entrepierna. Por supuesto que los había leído. A lo mejor no todos, pero al menos algunos. No era el idiota descerebrado que decía la prensa. Nada más lejos de la realidad.

—Lo siento, no quería decir...

—No pasa nada. —Adam le dio a Bo una palmada en el hombro—. Me hago pasar por el deportista tonto a propósito. Así intimido más. La gente piensa que soy lo bastante estúpido como para hacer locuras. Les mantiene alerta porque nunca saben qué esperar.

—Oh. Claro. —Bo se mordió el labio y lanzó otra mirada a su lado. El rostro de Adam se iluminó mientras estudiaba la habitación. Su pasión por la gran colección era evidente, y después, cuando esos ojos del color del humo se encontraron con los suyos, otro puñetazo imaginario hizo que Bo se abrazase el estómago. ¿Por qué tenía que ser Adam tan perfecto?

—Venga. Mira todo lo que quieras. Puedes leer cualquier cosa que te llame la atención. Tengo un poco de todo. No soy capaz de elegir un género favorito, así que leo de todo. —Adam hizo un gesto abarcando la habitación—. Es mi placer culpable.

Bo frunció el ceño.

—¿Cuál? ¿Leer?

—Sí —rio Adam—. Nunca terminé el instituto porque mi padre me sacó para que me concentrase en los entrenamientos. En su momento, pensé que era lo mejor que me había pasado nunca. ¿Qué adolescente hormonal no desearía pasar todo el día haciendo aquello que más ama en lugar de ir al instituto? Pero eso no significa que no me guste leer y aprender cosas nuevas. Solo tengo que mantener esa parte de mí escondida, junto a mi *alter ego* que es una diva de la ropa y adora los musicales.

El corazón de Bo se rompió un poco. ¿El padre de Adam había sido la razón por la que había abandonado el instituto? ¿Qué clase de padre pondría el deporte tan por encima de la educación de su hijo? Una cosa era abandonar la universidad para perseguir una carrera profesional en el deporte, pero tener un padre cómplice en la pérdida de un derecho infantil básico era algo completamente diferente.

Nadie se merecía perder la oportunidad de terminar el instituto, y a Bo no se le había pasado por alto que Adam había dicho «en su momento». ¿Se arrepentía de no tener un diploma tanto como Bo?

—Yo diría que la Bestia es más el alter ego que esa parte de ti. —Bo inclinó el mentón y presionó los labios—. Es casi ridículo pensar en ti de ese modo, ahora que sé quién eres realmente.

—¿Ves? —Adam golpeó el pecho de Bo con un dedo, y una chispa de calidez se introdujo en su piel con el contacto—. Nadie le tendría miedo al yo real. Por eso tengo que mantener a ese tipo bien enterrado.

Bo deambuló por la habitación, pasando los dedos por los lomos desgastados de incontables libros.

—¿Me equivoco al pensar que los has leído todos?

—No, no todos. —Adam copió el gesto de Bo, parando casi al lado de donde todavía descansaban los dedos de Bo, que deseaba poder sentir la calidez y el consuelo del tacto de Adam de nuevo. Pero, como si le estuviera leyendo la mente, Adam dejó caer la mano y dio un paso atrás—. He leído bastantes, pero no todos. Los que no he leído están aquí porque espero poder hacerlo algún día.

Bo entrelazó las manos para luchar contra el deseo de coger la de Adam. En su lugar, continuó paseando por las filas de libros, maravillándose al ver que varios libros tenían hermanos en la estantería de su propia habitación.

—Tienes buen gusto, señor Littrell.

—Eh, ¿qué te dije de esa mierda de «señor»? —Adam le guiñó el ojo cuando Bo le lanzó una mirada—. Es broma. Puedes llamarme como quieras.

Bo se tragó un gemido y se abrazó a sí mismo, agarrándose los hombros. Su mente se llenó de recuerdos de cómo era yacer en los brazos de Adam. Había conseguido detenerse justo a tiempo para no usar un término cariñoso e inapropiado cuando se había despertado apretado contra el cuerpo duro, rodeado de la calidez sólida del fuerte abrazo.

Se mordió el labio hasta que el sabor de la sangre cobriza llegó a su lengua. Era hora de cambiar de tema.

—¿Alguna vez has pensando en volver a estudiar para conseguir tu graduado escolar?

Adam rio a carcajadas.

—Tengo casi cuarenta años. Es un poco tarde para eso.

—Nunca es demasiado tarde. —Bo se volvió sobre los talones para mirar a Adam frente a frente—. Yo tampoco terminé el instituto, pero puedes apostarte el trasero a que conseguiré el graduado escolar cuando se me presente la primera oportunidad de hacerlo. Incluso si tengo cuarenta años.

En lugar de responder con otra frase superficial, Adam entrecerró los ojos. Se pasó el pulgar por el labio inferior y después siguió el mismo recorrido con la lengua.

La acción desvió la mirada de Bo a esa boca voluptuosa que pedía ser besada. Sus testículos se tensaron.

—¿Tú tampoco terminaste el instituto?

Bo tragó saliva y rechinó la mandíbula. No tenía por costumbre admitir su falta de educación, pero Adam no le juzgaría. No porque compartiera esa misma falta, sino porque era un buen hombre. Bo confiaba en ello más que nunca.

—Mi padre falleció cuando mi hermana Lulu solo tenía once años. Yo tenía dieciocho, así que reclamé la custodia y mis prioridades cambiaron después de aquello. De ninguna manera iba a dejar a Lulu a cargo del sistema cuando yo podía cuidar de ella.

—¿Y cuidar de ella implicaba abandonar el instituto para poder trabajar? —La voz de Adam bajó toda una octava, y frunció el ceño—. No estoy seguro de que yo pudiera hacer nunca algo tan altruista.

Bo rio.

—Podrías. Créeme, podrías. Si la misma existencia de alguien a quien amaras de repente dependiera de ti, lo abandonarías todo para asegurarte de que nunca le faltara nada. No me arrepiento de dejar el instituto porque lo hice por Lulu. Es todo mi mundo.

El ceño fruncido de Adam se suavizó hasta transformarse en una sonrisa de labios apretados.

—Pero volverías y lo terminarías si pudieras.

—Jolín, sí. —¿De verdad había alguna duda?—. Tengo todas las intenciones de hacerlo. Algún día.

Asintiendo, Adam se pasó una mano por el pelo corto.

—Tengo una propuesta para ti.

Una risa nerviosa salió de los labios de Bo. No había forma de que la propuesta que Adam tenía en mente fuera un reflejo de la que Bo quería oír. Inapropiada o no.

—Eh, vale.

—La jubilación es inminente en mi futuro. Tener el

graduado escolar podría ser beneficioso, sobre todo considerando que no tengo ni la más remota idea de qué voy a hacer con mi vida cuando ya no pueda pelear más. —Adam se encogió de hombros y le ofreció una sonrisa torcida—. Soy mayor. La idea de volver al instituto me aterra. ¿Hay alguna posibilidad de que estuvieras interesado en hacerlo conmigo? Me vendría bien el apoyo. Dudo mucho que pueda hacerlo yo solo.

Si a Adam le hubiera crecido una segunda cabeza, Bo no habría estado más sorprendido. Cerró la boca con un choque de dientes y presionó los labios para mantenerla cerrada. ¿De verdad le estaba ofreciendo Adam una oportunidad de conseguir el graduado escolar? ¿Con tiempo de estudio garantizado porque estaría haciéndolo con él?

—Eh...

¿Qué diantres se suponía que debía contestar? No tenía ni idea de cuánto costaría. ¿Tenía los fondos suficientes? La educación de Lulu era más importante que la suya. No podía arriesgarse a quedarse sin dinero. Su presupuesto ya era ajustado.

—Mira, no lo decidas ahora. Investiga para los dos. Averigua qué hay que hacer para inscribirse o lo que sea que tengamos que hacer. —Adam golpeó la madera sólida de la estantería más cercana con la palma abierta—. Si estás dispuesto a ayudar, considera los gastos de la matrícula como un beneficio del trabajo. Después de todo, me estarías haciendo un favor.

Bo estaba negando con la cabeza antes de que Adam terminase de hablar.

—De ningún modo. Si hago esto, correré con mis gastos.

Una risa ronca llenó el aire, y Adam arqueó las cejas.

—No tienes ni idea de la carga que seré. Créeme, será una compensación bien ganada.

Cuando Bo volvió a negar con la cabeza, Adam le puso una mano en el hombro y apretó.

—Tío, seré una espina enorme clavada en tu costado. Piensa en el esfuerzo que cuesta despertarme por las mañanas y multiplícalo por, yo qué sé, cincuenta. Por lo menos. Te mereces algo extra por el dolor y el sufrimiento.

Bo gruñó y se puso una mano de forma dramática sobre la frente.

—No estas haciendo un gran trabajo para venderme la idea.

Adam bufó.

—Siempre puedes decir que no. Pero si no tengo algo que estudiar para mantenerme ocupado mientras espero a que el campo de entrenamiento comience, puede que tenga que aceptar esas clases de canto que me sugirió Kyle. Lo que querría decir que tendría que practicar en casa. Mucho. Como, todo el tiempo. Noche y día, día y noche.

—Vale, vale, vale. —Bo no pudo contener la risa, sobre todo cuando Adam sonrió como un chiflado cuando él se rio. No cantaba tan extremadamente mal. De hecho, el ronroneo profundo de la voz grave de Adam provocaba reacciones indecentes en la mente y el cuerpo de Bo. Sobre todo cuando no intentaba sonar como un gato ahogándose a propósito—. Lo haré.

—¿Y me dejarás pagar?

Bo suspiró. Su corazón dio un vuelvo. Si las masas tuvieran una idea de lo dulce y maravillo que era la Bestia en realidad, Adam estaría ahuyentando a pretendientes a diestra y siniestra. O estaría casado. O, al menos, su cama no estaría vacía todas las noches, como lo había estado la última semana.

El peso de los celos tiró del estómago de Bo. Esa era una realidad que no duraría y una con la que tendría que aprender a vivir. Incluso si Adam había mostrado un interés recíproco en Bo, sería poco duradero ahora que habían asegurado la etiqueta de amistad sobre lo que fuera que había entre ellos.

Una vez Adam lo superara, su infame montón de

líos rápidos y sucios volvería a empezar a toda mecha. ¿Y cuando lo hiciera? Bo tendría que dormir a dos puertas de distancia con una almohada sobre la cabeza mientras Adam les daba a otros hombres las cosas que él quería.

Frunció el ceño. La vida era realmente injusta.

Capítulo nueve

Las zapatillas de deporte de Adam golpeaban el cinturón mecánico de la cinta de correr mientras los pensamientos le daban vueltas y se retorcían casi tan rápido como los engranajes de la máquina sobre la que estaba entrenando.

¿En qué demonios estaba pensando? ¿Desde cuánto quería conseguir el graduado escolar? Desde nunca, esa era la verdad. Y sobre todo no en ese momento. Solo quedaban unos meses para el campo de entrenamiento para la pelea por la defensa del título que determinaría su futuro en la UFC. Necesitaba concentrarse en preparar el cuerpo, no en malgastar unas horas valiosas estudiando para conseguir un maldito papel que no significaba una mierda para él o para su carrera.

Pero había sentido el anhelo de Bo. Ese papel debía de significar algo para él. Durante la última semana, Adam había aprendido bastantes cosas sobre Bo como para saber que ofrecerle un regalo no sería una tarea sencilla. Incluso si los regalos eran algo tan insignificante como el precio y el tiempo que costaría estudiar y prepararse para el graduado escolar.

Así que había jugado con la verdad y le había pedido a Bo que le ayudara a alcanzar un sueño que no era suyo. El modo en que esos brillantes ojos verdes se habían iluminado cuando por fin accedió era todo el pago que Adam necesitaba.

Además, el esfuerzo podría tener algunos beneficios adicionales. Garantizaría que Adam pasase algún tiempo con Bo durante el cual no estuvieran actuando como jefe y empleado. Después de la conversación de esa mañana, que había solidificado la imposibilidad de una relación física entre ellos, no quería arriesgarse a perder la oportunidad de una amistad.

Si no podía tener a Bo en su cama, se aseguraría de que al menos pudiera tenerle como un amigo. El hombre tenía algo que volvía loco a Adam. Incluso entonces, con la adrenalina de la carrera, que normalmente le mantenía centrado en luchar contra sus límites físicos, Adam no podía concentrarse en lo que estaba haciendo.

Todo en lo que podía pensar era en la sonrisa dulce de Bo, la chispa de pasión cuando hablaba de su hermana y sus sueños de terminar su educación. ¿Cómo de duro había tenido que ser perder a su padre tan joven? Y además, con una hermana pequeña a la que cuidar y apoyar durante el posterior trauma.

Bo había sido la única persona entre Lulu y el aterrador sistema de casas de acogida. Y, aun así, él mismo había sido un niño, ¿no? Todavía en el instituto. Obligado a dejar atrás su infancia para empezar a trabajar y poder cuidar así de su hermana. Pero cuando hablaba de todo aquello, no había nada más que amor detrás de sus palabras.

Tenía el alma más amable y el corazón más puro que Adam hubiera visto nunca. Bo era tan valiente como brillante y cariñoso. ¿Era tan sorprendente que Adam quisiera algo más que una relación de trabajo con él?

—Pensaba que los domingos eran tu día de descanso.

El tenor de la voz de Bo resonó sobre la música electrónica que sonaba a todo volumen por los altavoces del gimnasio. Adam se sobresaltó con la interrupción inesperada pero no pudo reprimir una sonrisa. Golpeó el botón de parada con la palma de la mano y saltó a los laterales mientras el cinturón se detenía.

—No tenías que dejar de correr. Lo siento. —Bo estaba justo a la entrada del gimnasio de la casa de Adam. Tenía un cuaderno agarrado fuerte en la mano y sus ojos estaban muy abiertos tras sus gafas—. No debería haberte molestado.

La alegría irracional que sentía al ver a Bo debería haber hecho que Adam se preocupara. Solo hacía un par de horas desde que se habían separado. Pero no le preocupaba. Era demasiado mayor y tenía demasiada experiencia como para luchar contra lo inevitable. Se conformaría con la amistad porque eso era todo lo que podían tener, pero sus sentimientos por Bo no desaparecerían pronto. Además, los amigos podían sentirse completamente atraídos el uno por el otro siempre que no actuaran en consecuencia.

Cuando Adam se dio cuenta de que la mirada de Bo estaba vagando por su torso desnudo hasta parar en el bulto en la parte frontal de sus pantalones cortos, su sonrisa se hizo incluso más amplia. Al menos no estaba sufriendo solo.

—No me molestas para nada. —Adam cogió la toalla de la barra de la cinta y se la pasó por el pecho empapado en sudor. Bo se pasó la lengua por los labios, tragó saliva y apartó la mirada. El pecho de Adam se hinchó con una oleada ridícula de orgullo. Trabajaba realmente duro para mantener el cuerpo en forma y estaba acostumbrado a que otras personas apreciaran su físico como parte del paquete de su imagen pública. Pero había algo especial en la reacción de Bo. Sin importar que pudieran actuar acorde a sus deseos o no, había algo consolador en saber que la atracción era recíproca.

Adam se colgó la toalla del hombro y caminó hasta donde Bo estaba parado junto a la puerta.

—¿Qué tienes ahí?

Cuando Bo parpadeó con esos ojos grandes y hermosos, las rodillas de Adam se debilitaron. Tenía que ser la edad. A lo mejor de verdad era demasiado mayor para todo aquello.

Pero no, era más que eso. Los labios de Bo se inclinaron en una sonrisa torcida y a Adam se le cayó el alma a los pies para compartir espacio con sus rodillas debilitadas. Sí, estaba relacionado con mucho más que su edad.

Beauregard Wilkins acabaría con él mucho antes de que la edad hiciera su trabajo.

—Yo, eh, he investigado un poco sobre el graduado escolar. —Bo se mordió el labio mientras extendía el cuaderno para que Adam lo viera. Unas notas manuscritas cubrían la página con una caligrafía grande y circular que Adam ya asociaba con Bo—. Hacen exámenes una semana de cada dos. Hay clases a las que podríamos ir si quieres, o podemos aprender por nuestra cuenta. Tienen muchísimo material disponible. Y si elegimos esa ruta, creo que deberíamos estar listos en un par de meses. Siempre que pasemos unas cuantas tardes a la semana estudiando.

Unas cuantas tardes a la semana. Adam se encogió por dentro pero mantuvo una expresión neutral. Todavía quedaban más de dos meses para el campo de entrenamiento. Podía saltarse un par de sus segundos entrenamientos diarios por el bien de Bo. Pasaría más horas en los entrenamientos de la tarde el resto de la semana para compensarlo. Era completamente factible.

—Hagámoslo. Consigue todo lo que vayamos a necesitar, y podemos empezar mañana. —Adam se pasó la toalla por el cuello húmedo. Levantó el mentón cuando Bo asintió con la cabeza en señal de acuerdo, pero Bo no desapareció como había esperado que hiciera—. ¿Te preocupa algo más?

La mirada de Bo se encontró con la de Adam, y sus mejillas se sonrojaron con un adorable tono rosa.

—Ah, no.

—¿Estás seguro? —Adam se pasó un pulgar por la ceja—. No me molestas para nada. Si quieres o necesitas algo, estoy aquí. Puedo tomarme un descanso o incluso terminar ya. No pasa nada.

Bo movió los labios apretados a un lado antes de hacer una mueca.

—¿Pasaría algo si a lo mejor viniera aquí de vez en cuando? Prometo que no te molestaré mientras estás usándolo y no dejaré de lado mis tareas...

—Tío, por supuesto. —Adam rio. Nada le gustaría más que tener a Bo compartiendo ese espacio con él—. No estarás molestándome. ¿Por qué no te unes a mí por las tardes? Odio entrenar solo. Me estarías haciendo un favor.

La expresión escéptica de Bo con los ojos entrecerrados era adorable. Cruzó los brazos sobre el cuaderno y ahuecó uno de esos deliciosos labios hechos para ser besados.

—No he estado en un gimnasio desde el instituto. No tengo ni idea de lo que hago. Créeme, te molestaré.

La excitación recorrió la columna vertebral de Adam. Le encantaba tener un buen reto, y una de las cosas que más le había gustado hacer antes de que la fama se hubiera interpuesto en el camino de la vida normal era ayudar a otras personas a entrenar. Había algo satisfactorio en guiar a alguien a través de las rutinas que su propio cuerpo deseaba, sobre todo cuando podía estar ahí el tiempo suficiente para ver como la otra persona llegaba a amar las actividades tanto como él.

—Te propongo una cosa, ¿por qué no entrenamos juntos? Quiero decir, yo te dirijo, tú me diriges, y puedo enseñarte sobre la marcha. La verdad es que disfruto entrenando a la gente. Probablemente tiene algo que ver con un estímulo subconsciente a mi ego o algo así, pero estarás haciendo lo contrario a molestarme. Tener un compañero puede ser motivador. También es mucho más fácil.

Bo se balanceó sobre los talones y se mordió el labio del mismo modo que Adam se había imaginado a sí mismo haciendo. Repetidamente.

—Soy un delgaducho, y tú eres... bueno, tú eres una bestia. —Bo resopló con una risa incómoda y el color rosa de sus mejillas se volvió carmesí—. Probablemente podías levantarme con un solo brazo mientras sujeto las pesas más pesadas que yo puedo levantar con los dos brazos. Seré un lastre.

Desde luego, iba a ser un reto. Adam apuntó hacia una mesa cerca de la puerta donde había botellas de agua y una cesta con toallas limpias y dobladas que el propio Bo había lavado y colocado allí.

—Deja tu cuaderno ahí y dame una oportunidad de mostrarte lo que quiero decir. Te lo prometo, si me molestas, te lo haré saber.

Bo no parecía convencido, pero tragó saliva e hizo lo que Adam había dicho. Miró lo que llevaba puesto (vaqueros, una camiseta y zapatillas de deporte desgastadas) y frunció el ceño.

—¿Debería cambiarme antes?

La tentación de sugerir que Bo se quedara en ropa interior casi sobrepasó el buen juicio de Adam. La imagen mental que produjo le hizo balancearse sobre los pies y mandar vibraciones de *quieto, chico* a su polla.

—No haremos nada demasiado excitante en esta ronda. Ya estaba a punto de terminar por hoy, de todos modos. La próxima vez puedes venir preparado.

—Vale. —Bo se pasó la lengua por los labios—. Entonces, eh, ¿dónde me pongo?

Ninguna bronca interna podría contener la respuesta de Adam a esas palabras. Giró las caderas para esconder la prueba creciente de su atracción y de su mente sucia y fingió que sus movimientos habían sido altruistas al apuntar a la cinta de correr.

—Ya que es la primera vez que haces ejercicio en un tiempo, empecemos por un paseo de calentamiento.

Bo se precipitó hacia la máquina y subió. La excitación que irradiaba era casi palpable. Se quedó de pie en la cinta y miró la pantalla electrónica con el ceño fruncido con confusión.

—¿Cómo demonios funciona esto?

Cuando Bo apretó el botón de encendido antes de que Adam pudiera decirle que no lo hiciera, la cinta cobró vida y él se cayó de bruces contra el posavasos. Un ataque de risa contagiosa recorrió la habitación en lugar del grito de dolor que Adam se había temido.

Después de ajustarse los pantalones para esconder su erección, Adam se subió en la elíptica al lado de Bo. Le enseñó como programar una rutina fácil de calentamiento y después se tragó un gemido cuando Bo le dirigió una sonrisa que enseñaba los dientes y sacó pecho.

Eso iba a ser un reto, sí. Sería un reto mantener su polla bajo control.

El día siguiente se pondría un par de pantalones de compresión bajo su par más ancho. No resolvería todos los problemas pero al menos ayudaría. Un poco.

Bo pasó de caminar a contonearse. Movió las caderas y le guiñó el ojo por encima del hombro.

Joder.

O a lo mejor no serviría para nada.

Capítulo diez

—Ey, abuelo, ¿cómo vamos?

La risa que rodeaba las palabras de Adam debería haber hecho que Bo le lanzara una mirada asesina, pero incluso esos músculos estaban doloridos. Gruñirle era más fácil que arriesgarse a hacer cualquier movimiento innecesario.

Adam se dejó caer en el sofá a los pies de Bo con la agilidad flexible de un hombre que no había iniciado una rutina de ejercicios asesina la noche anterior. O pasado otras tres horas en el gimnasio esa mañana. Pero, de algún modo, lo había hecho. Sin mostrar el más mínimo signo de incomodidad o consecuencias negativas.

Era solo que... ¿*Cómo?*

—Apuesto a que me escucharás la próxima vez. ¿Tengo razón, joven saltamontes? —Adam subió una rodilla al sofá para poder mirar a Bo y sonrió con un entusiasmo innecesariamente exuberante—. Sobre todo considerando que las agujetas son siempre peores el segundo día. Esto no es nada comparado con lo que te vas a encontrar mañana.

Bo gimió. ¿Cómo era eso físicamente posible? Nunca le había dolido nada tanto en su vida. ¿Cómo podía ser aún peor?

Quería mandarse a Alaska de una patada en el culo por ser tan idiota. Adam había intentado convencerle de que no se sobrepasara con el ejercicio. Pero, después de esa primera noche, cuando Adam le había hecho caminar en la cinta durante veinte minutos y nada más, había querido probar que no necesitaba que le consintieran. Si iba a unirse a Adam en sus entrenamientos, no quería avergonzarse a sí mismo. Peor aún, no quería entorpecer la habilidad de Adam de conseguir el entrenamiento que necesitaba. Después de todo, mantener su cuerpo en forma era el trabajo a tiempo completo de Adam.

Igual que el trabajo a tiempo completo de Bo era hacer cualquier cosa excepto estar tumbado en el sofá de su jefe como un saco de patatas golpeadas. Hizo un esfuerzo para apoyarse en los codos y consiguió fruncir el ceño.

—Escucha, tonto, no es bonito burlarse de los heridos.

—¿Tonto? —Adam arqueó las cejas—. Ay. ¿Le hablas a tu hermana pequeña con esa boca?

Bo gimoteó mientras se sentaba del todo.

—La verdad es que sí. De ahí el término «tonto» en lugar de algo más colorido.

A cargo de cuidar de una adolescente cuando él todavía había sido uno había significado que tuvo que hacer un montón de ajustes y un curso acelerado de madurez, algo que no era completamente nuevo para Bo. A su madre le habían diagnosticado un cáncer de cuello de útero en fase cuatro estando embarazada de pocos meses de Lulu, y había decidido posponer el tratamiento hasta dar a luz. El resultado había sido una niña sana, pero su madre había muerto unas pocas semanas más tarde.

La familia ya había tenido dificultades económicas antes de su muerte, así que el padre de Bo había tenido dos trabajos a tiempo completo para mantenerles a flote. Incluso entonces, no tenían recursos suficientes para pagar una guardería de tarde y noche. Con siete años, Bo ya había sido el cuidador principal de Lulu.

—Espera. —Adam inclinó la cabeza—. ¿Estás diciendo que nunca dices palabrotas? ¿Nunca?

—Tenía pequeños oídos impresionables que me miraban como un ejemplo a seguir. Aprendí otras formas de expresar mis frustraciones. Formas que no me harían ir a una conferencia con sus profesores porque la boca unida a esos oídos repitiera lo que había escuchado.

Adam rio con una carcajada.

—Tengo trece años más que tú, y eres más adulto de lo que yo lo seré nunca.

Antes de que Bo pudiera responder, el timbre resonó a través de todo el espacio de la sala de estar, y Adam se puso en pie de un salto. Le dio un apretón en el hombro a Bo de camino a la puerta.

—Kyle ha venido para hablar del trabajo. También se le asignó que trajera provisiones para la cena. Cruza todos tus apéndices para esperar que no la haya cocinado él, o esta noche pasaremos hambre.

Bo se puso de pie con dificultad y se unió a Adam y a Kyle en la cocina. Adam frunció el ceño mientras estudiaba el interior de una bolsa de la compra reutilizable. Al otro lado de la cocina, Kyle estaba apoyado en la encimera con una sonrisa como la del gato de Chesire adornándole la cara.

—¿Qué demonios es esta mierda? —Adam tocó la bolsa con un dedo y sacó el brazo un segundo después como si algo le hubiera mordido—. Es esponjoso. ¿Por qué es esponjoso?

—Son callos, y tú eres un bebé gigante. Son buenos para ti. Tienen mucha proteína.

—¿Callos? —Adam arrugó la cara—. ¿Qué cojones son los callos?

—Es el interior del estómago de un animal. En este caso, una vaca. —La risa profunda de Kyle atravesó la estancia cuando los ojos de Adam se abrieron como platos. Bo no pudo evitar unirse a él.

—No contéis conmigo. —Adam apartó la bolsa y cruzó los brazos, murmurando mientras les lanzaba miradas asesinas a Kyle y Bo—. Me alegro de que encontréis mi sufrimiento divertido, cabrones. Si me desmayo de hambre más tarde, estáis despedidos.

Un hormigueo de inquietud subió por la espalda de Bo, pero se transformó en algo mucho más lascivo cuando Adam le guiñó un ojo y se dirigió a la nevera para abrirla de forma teatral.

Kyle miró a Bo. Movió las cejas, se apartó de la encimera y atacó a Adam por la espalda. Una risotada aguda precedió un movimiento rápido. Casi más rápido de lo que Bo pudo procesar el movimiento, Bo tuvo a Kyle sujeto contra el suelo de la cocina.

Los celos vibraron bajo la piel de Bo como el calambre de un cable de bajo voltaje. Daría cualquier cosa para que Adam se sentase a horcajadas sobre él de esa forma. Aunque fuera solo un momento.

¿A lo mejor tenía que apuntarlo y comprobar si Adam tenía cosquillas algún día?

La idea de pasar los dedos por ese músculo duro hizo que Bo se balanceara de un pie a otro. Su cuerpo dolorido sufrió con el movimiento, y agradeció la distracción. Hacerle cosquillas a su jefe estaba en la lista de cosas que no podía hacer. Igual que el solo hecho de pensar en tocarle. En cualquier lado. Nunca.

—Bo, ya sé que no hemos alcanzado la fase de nuestra relación en la que me ayudas a esconder un cuerpo, pero, ¿hemos alcanzado al menos la fase en la que finges ignorancia? —Adam gruñó cuando Kyle se removió. Se recolocó de forma que su cuerpo cubriera el de Kyle, hizo alguna clase de llave de tijera con las piernas y, tres segundos más tarde, Kyle estaba tumbado sobre su estómago con ambos brazos atrapados a la espalda—. Porque existe una alta posibilidad de que vaya a matar a este hijo de puta.

Escuchar a Adam insinuar que estaban en cualquier fase de una relación mandó una ola de emoción por el estómago de Bo. Sonrió.

—Mi lealtad está contigo, jefe. Solo tienes que decirme dónde encontrar la pala.

—Eh, fui yo quien te consiguió este trabajo, Wilkins. —La voz de Kyle estaba apagada y salió como un jadeo cuando Adam movió su cuerpo hacia arriba sobre su espalda—. Los dos podéis agradecérmelo más tarde. Espero una invitación a la boda.

¿Agradecérselo? ¿El qué? ¿Y una invitación a la boda de quién? Antes de que Bo pudiera preguntar por esas extrañas afirmaciones, Adam gruñó y retorció uno de los brazos de Kyle hasta que pareció casi roto.

—Joder, tío, me rindo. He dicho que me rindo.

Adam soltó a Kyle y se puso de pie con una energía incomprensible. Alargó una mano y ayudó a que el hombre se pusiera de pie, dándole uno de esos abrazos masculinos con un solo brazo y una palmada en la espalda antes de dirigirle a Bo una sonrisa cursi.

—No sé tú, tío, pero yo no voy a comerme las vísceras esponjosas de una vaca. ¿Qué me dices de pedir comida a domicilio?

—Hecho. —Bo se sacó el teléfono del bolsillo y acercó la banqueta más próxima. Cuando se subió, los músculos doloridos de su culo protestaron y él hizo una mueca de dolor ante la injusticia.

Kyle se rio a carcajadas y le clavó un codo a Adam en las costillas.

—Y dijiste que mi plan no había funcionado. Parece que encontraste algo de tiempo para divertirte después de todo.

—Por el amor de Dios, gilipollas. —Adam se puso tan rojo como un tomate y sus ojos brillaron de un color gris de tormenta peligroso—. Bo tiene agujetas porque ha estado entrenando conmigo. Eso es todo. Déjalo.

—Ah. —Los ojos brillantes de Kyle se movieron hasta encontrar la mirada de Bo—. ¿Así que le has hecho volver al instituto para conseguir el graduado escolar y además de eso le estás haciendo compañía a este culogordo cascarrabias en el gimnasio? Eres un ángel, Wilkins.

El cerebro sobrecargado de Bo se centró en la palabra «culo» y un gemido quedó atrapado en su garganta. La visión que aquello le proporcionó casi venció a cualquier otro pensamiento. *Casi*. Podía ser joven y no tener educación, pero no era estúpido. Había entendido de qué iba la conversación.

No estaba seguro de a qué plan se refería Kyle, pero estaba bastante seguro de que implicaba que el culo le doliera por una razón mucho más placentera que el esfuerzo excesivo en el gimnasio.

¿Por qué era la vida tan tremendamente injusta? Estaba claro que él y Adam querían las mismas cosas, y aun así no se les permitía tenerlas. Si no fuera por su ambición de darle a Lulu el mejor futuro posible, algo que estaría arriesgando al simplemente considerar algo así, Bo se pondría de pie y besaría a Adam hasta hacerle perder el sentido. Que le dieran a las agujetas y a la presencia de Kyle.

Por desgracia, eso no era posible. Y tampoco lo eran ninguna de las otras infinitas fantasías que había imaginado durante la semana y media pasada.

Suspirando, Bo le dirigió a Kyle la mejor sonrisa que pudo.

—No soy un ángel, señor Bryant. Soy un empleado dedicado. Eso es todo.

Cuando Adam agachó la cabeza y metió las manos en los bolsillos de los vaqueros, el corazón de Bo dio un vuelco. A lo mejor algún día podían ser eso más que los dos querían.

A lo mejor. Algún día.

Capítulo once

dam se frotó la cara con ambas manos y reprimió un gruñido. Miró a Bo, que estaba sentado en el suelo frente a él en la mesita de piedra, frunciendo el ceño a los libros y cuadernos que había extendidos a su alrededor. Golpeaba las páginas con el lápiz con un ritmo irritante.

Todo, desde la concentración de Bo hasta su ambición para tener éxito durante aquella agotadora sesión de estudio, estaba a punto de volver loco a Adam. Y no era por los celos, incluso aunque sus propias habilidades no le llegaban a la suela de los zapatos a las de Bo, sino porque su pasión, resiliencia y dedicación eran tan puñeteramente sexis.

Durante el último mes, Bo había florecido bajo el estrés que pesaba sobre Adam. Su entusiasmo casi se podía tocar. Hacía que la habitación brillara y le levantaba el ánimo a Adam como nada más podía hacerlo. Cada vez que se sentía como si quisiera dejarlo, tan solo mirar a Bo aliviaba su frustración y le recordaba la razón por la que se había comprometido a hacerlo.

Porque lo significaba todo para Bo.

—¿Tienes el cerebro tan frito como yo?

La expresión irritada de Bo se transformó en un ceño fruncido. Dejó caer el lápiz y se encontró con la mirada de Adam.

—¿A quién le importa cuándo se gastó Jack en un coche nuevo? ¿Y por qué importa que constase 2400 dólares menos que cinco veces el precio de venta de 5000 dólares de su coche viejo? ¿En qué me beneficiará en el futuro tener la habilidad de resolver esto?

Riéndose, Adam metió el pulgar bajo la portada de su libro y le dio un golpe para cerrarlo. Conseguir el graduado escolar podía ser un sueño hecho realidad para Bo, pero eso no quería decir que fuera inmune al estrés. Solo lidiaba con él mejor que Adam porque venía con un premio al final. Uno que significaba mucho más para Bo que para él.

—Estoy seguro de que dirían que todo este «conocimiento» se suma a nuestras habilidades de pensamiento crítico o alguna mierda de esas.

—No creo que mis habilidades de pensamiento crítico puedan crecer más. No les queda espacio. —Bo gimió y apoyó la frente en la mesa—. Soy demasiado mayor para aprender matemáticas de instituto. Mi cerebro ya no funciona así.

Las burlas recíprocas sobre su diferencia de edad no habían amainado con el paso del tiempo. De hecho, conforme se sentían más cómodos el uno con el otro, las puyas solo habían aumentado. No había ninguna duda de que el comentario de Bo había sido un golpe proverbial a sus viejas costillas.

Adam estiró la pierna bajo la mesa y empujó la rodilla flexionada de Bo con el pie.

—Vigila esos comentarios de ser «demasiado mayor», mocoso. ¿Cómo crees que me siento yo? Tú al menos has estado ayudando a Lulu con sus tareas todos estos años. Tu nivel de exposición sigue siendo alto. La última vez que pensé dos veces en esta mierda tú todavía llevabas pañales.

—No los llevaba. —Bo elevó la cabeza y sus ojos brillaron con falsa indignación—. ¿Estás intentando decir que todavía me meaba en los calzoncillos con seis años?

Una risa que parecía más bien un ladrido salió de la garganta de Adam.

—Tus sumas están un poco mal, Einstein. Según tus cálculos, yo estaba estudiando las matemáticas de primer año con diecinueve años.

—Nop. Habrías tenido catorce o quince. Lo que quiere decir que yo habría tenido... —Bo golpeó el lápiz contra la montura negra de sus gafas. Inclinó la cabeza mientras su cerebro, que claramente estaba saturado de matemáticas, luchaba para desvelar la simple ecuación.

—Si yo tenía quince años, tu hubieras estado en la etapa terrible de los dos años. Con lo cabezota que eres, me apuesto lo que sea a que tus padres aprendieron a no intentar enseñarte a ir al baño pronto. Así que sí, mi suposición es que definitivamente seguías meándote en los calzoncillos la última vez que yo estudié álgebra en el instituto.

Bo dejó caer la mandíbula. Abrió y cerró la boca unas cuantas veces mientras fruncía el ceño.

—¡Jolín! Si que eres viejo.

Antes de que Adam pudiera responder con una ofensa exagerada, Bo le dirigió una de las sonrisas patentadas que hacían que el estómago de Adam diera un vuelco y su corazón se detuviera. Adam respiró tranquilamente para controlarse antes de devolverle la sonrisa.

—¿Qué te parece si lo dejamos un poco temprano esta noche? Llevamos un mes con esta mierda miserable. Estamos a mitad de camino. Creo que eso requiere una celebración.

—¿Una celebración? —Bo entrecerró los ojos—. Necesito más información antes de aceptar una propuesta.

Eres un hombre en quien no se puede confiar cuando se trata de sorpresas.

Adam relajó la muñeca antes de apuntar hacia su pecho. Alzó las cejas y el mentón en una ofensa falsa.

—¿Quién, yo?

—Sí, tú. —Bo le fulminó con la mirada—. Cuando no estás arruinando mi preciosa ropa nueva con sangre falsa pegajosa, estás asaltando mis oídos con música terrible, o haciendo que empiece con mal pie con un portero cascarrabias. Todavía tengo un moratón en el culo después de que ese mastodonte me tirara al suelo.

El estómago de Adam se retorció con la culpa. No había pretendido que a Bo le echaran de su club favorito el fin de semana anterior. Estaba tan acostumbrado a pasar por la entrad de OAK en el Mirage sin que le dijeran nada (la cinta de terciopelo levantada y el camino libre sin ninguna pregunta) que no había considerado que su acompañante requeriría un tratamiento diferente.

Había querido que fuera una sorpresa, así que no le había dicho a Bo a dónde iban esa noche. La meta era enseñarle el glamour y la ostentación de La Franja de Las Vegas, uno de sus clubes favoritos cada vez. Pero Bo se había olvidado de su identificación. El portero no les alcanzó hasta que Adam ya estaba en la barra pidiendo bebidas, y, como Bo podía pasar fácilmente por menor de edad bajo la luz caleidoscópica del club, le habían echado antes de que Adam supiera que faltaba.

—Vale, vale, bien —dijo Adam—. Sin sorpresas. ¿Qué tal una simple cena? Podríamos ir a Giada por los viejos tiempos.

Bo cerró el libro de golpe y sonrió.

—Me apunto, pero solo si no hay sangre falsa en mi futuro inmediato.

Adam hizo el saludo de Boy Scout con tres dedos levantados.

—Lo juro por mi honor.

—Debería pedir que me examinaran la cabeza por confiar en que un gruñón como tú no diga una mentira. —Poniendo los ojos en blanco, Bo se levantó—. Venga, viejo. Vamos a por algo de comer.

Como siempre, Giada estaba a reventar. El camarero reconoció a Adam y se apresuró a encontrarles una mesa, aunque la localización era poco óptima. Estaba en el centro entre otras cinco y no les proporcionaba ninguna privacidad.

—¿Hay algún modo de que podamos esperar para conseguir una mesa al fondo? —Adam miró de reojo a un grupo de veinteañeros que compartían una comida a unos metros de la mesa para dos a la que el camarero les había llevado. Uno de los jóvenes había mirado a Adam con los ojos entrecerrados y estaba susurrándole al joven que estaba sentado a su lado. Le habían reconocido—. No nos importa sentarnos en la barra un rato.

—Tonterías. —El camarero sacó la silla más cercana a Bo y sonrió mientras le hacía un gesto para que se sentara—. La señorita De Laurentiis se enfadaría si no os sentara de inmediato. Esta es una de nuestras mejores mesas, señor Littrell. Ofrece una vista excelente.

Sin querer causar una escena, Adam asintió y le dio las gracias. Bo se unió a él en la mesa cuando se sentó, ajeno a su preocupación.

Bo se mordisqueó el labio mientras estudiaba el menú.

—¿Vas a pedir lo mismo de la última vez o vas a probar algo nuevo?

—He probado todo lo del menú al menos dos veces. Todo es fenomenal.

Adam sonrió cuando la expresión de Bo se volvió seria y contemplativa. Sin ninguna duda, estaba intentando hacer cálculos mentales en su agotado cerebro para evaluar su situación financiera. Adam había aprendido a ser cuidadoso cuando salían a cenar juntos para no dañar la cartera de Bo si no podía convencerle de que le dejara pagar. Esta vez, considerando el restaurante que había elegido, Bo tendría que doblegarse.

—Esto ha sido idea mía, así que yo pago. Conoces las reglas. Pide lo que quieras.

Bo abrió la boca para discutir, una inevitabilidad que Adam encontraba tan adorable como irritante, pero, antes de que pudiera decir una sola palabra, los dos jóvenes que habían reconocido a Adam se presentaron en su mesa. Bo inclinó la cabeza en una pregunta silenciosa cuando el rostro de Adam se transformó en el semblante serio de la Bestia.

—Joder. Sabía que tenía razón. Eres él de verdad, ¿no? Eres la Bestia. —El rubio con la cara llena de acné que había visto a Adam primero rebotó sobre sus talones—. Soy un gran fan, tío. Eres una puta leyenda.

El segundo chico, casi 15 centímetros más bajito que su larguirucho amigo, se pasó una mano por los rizos marrón oscuro y apartó a su amigo de un empujón. Enseñó los dientes en una sonrisa brillante mientras apoyaba la cadera en la mesa, dejando a Bo y al rubio fuera de la visión de Adam.

—Nos hemos visto antes. En una fiesta después de una de tus defensas del título hace unos años. ¿Te acuerdas de mí? Me llamo Rajesh. Tuvimos un encuentro caliente en el balcón de la suite L en el Mandalay Bay. Ibas a llevarme a casa contigo, pero nos separamos.

Oh, por el amor de Dios. Adam apretó los dientes y fulminó con la mirada al hombre sonriente y seguro de sí mismo que estaba metiéndose demasiado en su espacio personal. No, no se acordaba de él. Pero eso no decía mucho. ¿Cuántos «encuentros calientes» había tenido en balcones aleatorios durante los años? Más de los que podía contar.

No era que estuviese orgulloso de aquello, sobre todo no ahora. No con Bo sentado a medio metro.

—No puedo decir que me acuerde.

La sonrisa de Rajesh solo creció con esa respuesta.

—Oh, seguro que sí te acuerdas. Solo estás haciéndote el remilgado porque tienes una cita. Pero yo podría hacerlo contigo mucho mejor de lo que este delgaducho lo haría nunca. Y no necesito que me pagues la cena antes. ¿Por qué no me llevas de vuelta a tu casa? Puedo enseñarte cómo es pasar un buen rato.

Hace un mes, Adam hubiera aceptado la oferta de Rajesh sin pensárselo dos veces, pero nunca le hubiera llevado a su casa (esa parte de su historia era una mentira descarada). Rajesh claramente estaba mintiendo, al menos en parte. Adam nunca llevaba compañeros sexuales a su casa. Ese lugar era su santuario, y nunca se quedaba a pasar la noche.

¿Pero ahora? Las cosas habían cambiado. No estaba interesado en un lío de una noche con cualquiera. Sus prioridades habían cambiado. No estaba seguro de cuándo, pero sabía muy bien por qué.

Beauregard Wilkins, él era el porqué.

Adam golpeó la mesa con el puño. Los cubiertos y el cristal tintinearon cuando la superficie de madera vibró bajo su ataque.

Rajesh se estiró con una sonrisa en los labios.

—Ahí está mi Bestia sexy. Venga, cariño, rechaza a esa putita y deja que un hombre de verdad te lleve a la cama.

—Vete a tomar por el culo, hijo de...

Un carraspeo muy deliberado atrajo la atención de Adam al camarero, cuyos ojos brillaban con una inquietud nerviosa.

—¿Se... señor? ¿Hay algún problema?

—Sí, hay un puto problema. —Adam apuntó a Rajesh—. Tienes diez segundos para quitar a este pedazo de mierda de mi vista antes de que le dé una paliza.

En lugar de escapar como cualquier humano inteligente hubiera hecho, Rajesh le lanzó un beso a Adam.

—Por tu bien, espero que tu pequeño larguirucho se abra de piernas. Si no lo hace, me quedo en el Flamingo. Habitación 416. —Se cogió del brazo del rubio, que tenía los ojos abiertos como platos, miró con desdén al camarero y salió paseando del restaurante.

Bo estaba sentado como una estatua, con los labios tensos y los ojos asustados tras los cristales de sus gafas.

Si alguna vez había habido una posibilidad de que Bo le diera a Adam una oportunidad algún día, ahora se había perdido.

Joder.

Capítulo doce

Bo movió las caderas, tratando de crear espacio en los vaqueros de diseño ajustados para su respuesta inesperada a la naturaleza bestial de Adam. Al principio había pensado que todo el encuentro era divertido. La reputación de jugador de Adam no era información secreta ni por asomo. Era increíble que no se hubieran encontrado con más de sus conquistas previas durante el último mes.

Pero cuando las cosas empezaron a calentarse y Rajesh el Estúpido siguió agitando el fuego con esas estúpidas provocaciones, el humor se apagó. No porque a Bo le ofendiera la insinuación de que iba tras Adam o de que fracasaría a la hora de darle placer en la cama (a su modo, esas dos cosas eran verdad), sino porque había visto por primera vez al hombre al que los medios temían.

Y la Bestia, en toda su gloria, era sexy a más no poder.

Adam se frotó la cara con ambas manos y un gruñido grave le subió por la garganta.

—Joder, Bo, lo siento.

—No tienes nada por lo que disculparte. —Bo intentó ofrecerle una sonrisa consoladora, pero Adam no le miraba a la cara—. No es culpa tuya...

Un grito agudo asaltó los tímpanos de Bo. Se encogió alejándose del ruido. Al otro lado de la mesa, los ojos de Adam se oscurecieron.

—Tenemos que salir de aquí. Ahora.

Bo abrió la boca para preguntar por qué, pero Adam ya estaba de pie. Agarró el bíceps de Bo y le levantó de la silla. Bo se tropezó con sus propios pies mientras intentaba conseguir que sus piernas se movieran desde una posición completamente estática a prácticamente correr tras Adam.

Los gritos y chillidos aumentaron de volumen cuando se acercaron a la entrada, y fuertes destellos de luz se unieron al ataque auditivo.

—Mierda. —Adam paró de golpe. Bo continuó moviéndose, pero, como Adam todavía le tenía agarrado del brazo, su impulso le llevó a hacer un arco amplio. Cuando chocó contra el pecho de Adam, Adam le rodeó la cintura con un brazo para darle equilibrio. La cacofonía creció hasta casi dejarle sordo.

—Señor Littrell, señor, hay una puerta trasera en la cocina. —La voz temblorosa del camarero apareció de la nada—. Ya hay un Uber de camino y debería estar aquí de un momento a otro. El caballero ha prometido ser discreto.

En lugar de dejar ir a Bo o apartarle, Adam le atrajo a su lado. La calidez dura de su cuerpo era como un sueño, y el problema en los pantalones de Bo volvió a la vida con entusiasmo. Debería tener miedo, o al menos estar preocupado, pero con Adam manteniéndole cerca, lo único que sentía era que estaba a salvo.

Adam le llevó a través de la cocina, pero todo lo que Bo pudo ver fueron destellos de cromado y luz fluorescente. La mayoría de su atención estaba centrada en la seguridad sólida del brazo de Adam sobre sus hombros y los movimientos de tendones y músculos contra su lado, separados por solo unas finas capas de tela.

Para cuando salieron del edificio, el conductor del Uber les estaba esperando. Adam hizo que Bo entrara y después entró tras él. Le dio su dirección al conductor y después echó la cabeza hacia atrás en el asiento y suspiró con fuerza.

—Bueno, eso ha sido un desastre. Ese gilipollas se ha ido de la lengua. Podría estrujarle el cuello.

Bo se frotó el punto del hombro donde la mano fuerte de Adam le había agarrado hacía solo unos momentos. Se mordió el labio para evitar que la frustración y la pérdida le hicieran hacer una mueca. No quería hablar de lo que fuera para Adam ese tipo. No en ese momento. No cuando todavía podía sentir el cuerpo de Adam rodeándole. Sujetándole cerca. Manteniéndole protegido.

—¿Qué vamos a hacer con tu coche? Sigue en el aparcamiento.

Adam rio, moviendo la cabeza sobre el asiento hasta encontrar la mirada Bo.

—Podemos recogerlo mañana. O pagaré a alguien para que lo conduzca hasta casa. No es gran cosa.

A lo mejor para Adam no lo era. Pero Bo era responsable del coche, incluso si Adam conducía más de la mitad del tiempo. Era parte de su trabajo. Miró por la ventanilla. Como siempre, el tráfico en La Franja se movía a cuentagotas. Se habían movido poco más de medio bloque.

—¿Por qué no me bajo y voy a por él ahora? No es mucho camino, y la multitud no iba detrás de mí.

—Ni de coña. —Adam se sentó estirado y su mano aterrizó en la rodilla de Bo. Otro contacto físico que atormentaría a Bo en la cama esa noche—. Te han visto conmigo. Te han hecho fotos. No es seguro. No vas a ir a ningún sitio que no sea a casa conmigo.

Un cosquilleo corrió bajo la piel de Bo como el calambre de un cable de electricidad, y su polla insolente se despertó una vez más. Vivía con Adam, pero no era su casa. No podía pensar en ello de esa manera. Tenía que mantener su relación profesional en un primer plano en su mente, incluso si habían forjado una amistad durante las últimas semanas. Una amistad tan simbiótica y perfecta que hacía que mantener sus sentimientos a raya fuera mucho, mucho más difícil.

Necesitaba cambiar de tema.

—¿Por qué te escondes tras la Bestia cuando estás en público?

Adam levantó el mentón mientras estudiaba a Bo. Una sonrisa lenta y pícara se dibujó en sus labios, y estalló en una carcajada. Su mano desapareció de la rodilla de Bo cuando se acomodó de nuevo en el asiento.

—Una diva de la ropa que ama los musicales y llora con las películas románticas moñas no intimidaría a los hijos de perra agresivos a los que tengo que enfrentarme en el octágono. Ya te lo he dicho.

—Pero no te estás enfrentando a ningún, eh, ya-sabes-qué agresivo en restaurantes. O en la calle. ¿Así que por qué esconder tu maravillosa personalidad? —Bo contuvo una sonrisa cuando las mejillas de Adam se tiñeron de un adorable color rosa—. Tiene que ser solitario hacerte pasar por alguien que no eres todo el tiempo. ¿Cómo puedes forjar relaciones con otras personas si no saben quién eres?

Adam estuvo callado durante un momento, después una media sonrisa tiró de la comisura de sus labios.

—Tú sabes quién soy.

Maldita sea. Bo tragó saliva y movió las caderas. Esta conversación no estaba ayudando en nada a su erección permanente.

—Lo sé, y somos amigos por eso. ¿Puedes imaginarte cuántos amigos tendrías si dejaras acercarse a la gente más a menudo? Y no solo amigos sino, ya sabes, también otras cosas.

—¿Otras cosas? —Adam arqueó una ceja.

Bo apretó los labios hasta aplanarlos. No había duda de que Adam sabía exactamente a qué se refería.

—Sí, ya sabes, gente con la que podrías pasar el rato que no sean yo. O Kyle. Gente que podría hacer, eh, las cosas que nosotros no podemos.

Adam se pasó la lengua en un círculo lento y deliberado por uno de sus colmillos.

—¿Y qué cosas no puedes hacer tú conmigo?

Un gruñido exasperado y cachondo salió de la garganta de Bo.

—Sabes a qué me refiero.

—Claramente, no lo sé. Ilumíname.

El calor inundó las mejillas de Bo incluso mientras se deslizaba hacia su entrepierna. La polla le latió y él apretó los puños. Nunca había deseado a otro hombre del modo en que deseaba a Adam. Dormir a dos puertas de distancia de la estrella de todas las fantasías sexuales que su mente podía imaginar era pura tortura. Como lo era pasar las horas diurnas incluso más cerca de él. Sobre todo cuando Adam estaba medio desnudo y cubierto de sudor la mitad de ese tiempo.

Pero desear estaba muy lejos de que fuera permitido. Y desde luego a él no le estaba permitido actuar sobre sus deseos. No con su jefe. No con el siguiente pago de la matrícula de Lulu a la vista.

Bo hizo que sus puños se relajaran, después se pasó las manos por los muslos y se aclaró la garganta.

—Ya sabes... Co... cosas de novio.

Miércoles. Tartamudear era exactamente lo contrario de lo que necesitaba hacer. Necesitaba proyectar una imagen de despreocupación. Necesitaba que Adam creyera que él no quería «cosas de novio».

—¿Cosas de novio? —Los ojos de Adam brillaron con deleite. Sin duda, por la incomodidad obvia de Bo.

Bo cruzó los brazos y le miró con los ojos entrecerrados.

—¿Vas a repetir todo lo que digo como un loro?

Adam levantó las manos en un gesto de inocencia.

—Ey, lo siento, estoy intentando entender lo que quieres decir. Nunca he tenido novio, así que voy a necesitar un poco más de explicación sobre qué implica eso de «cosas de novio».

—Eres un grano en el culo. —Bo miró a Adam con el ceño fruncido—. Sabes exactamente lo que quiero decir. No voy a decirlo, sobre todo porque está fuera de nuestro alcance.

Adam se puso serio y su rostro se arrugó.

—Siento lo de Rajesh. He hecho muchas cosas de las que no estoy orgulloso, y él es una de ellas. Pero he cambiado. Ya no soy así. No quiero las mismas cosas que solía querer.

¿A qué se refería Adam? No podía estar diciendo que.. ¿Qué? ¿Ahora quería «cosas de novio»? Ni de casualidad. Ese no era el estilo de la Bestia. E incluso si lo era, no importaba. El bienestar de Lulu iba antes que todo. Incluso si Bo trabajaba tres trabajos a tiempo completo, nunca conseguiría la cantidad de dinero que le pagaba Adam.

—No tienes que darme explicaciones a mí —dijo Bo con una exhalación—. Solo soy tu asistente personal.

—Vale. Lo sé. Lo siento. —Adam se encogió en el rincón y miró el paisaje emborronado desde su ventanilla. La expresión de resignación en sus bellas facciones hizo que el estómago de Bo se encogiera.

—Tu asistente personal... y tu amigo. También soy tu amigo, Adam.

Adam asintió, con una sonrisa débil dibujándose en sus labios. Pero su mirada nunca abandonó el pulso rítmico de las farolas que dejaban atrás.

El corazón de Bo volvió a la vida débilmente, pero el daño ya estaba hecho. Le dolía el pecho y podía sentir las náuseas asentándose en su estómago.

A lo mejor una vez consiguiera su graduado escolar

podía buscar otro trabajo. Si encontraba uno en el que el salario se acercara, al menos, a lo que le pagaba a Adam, lo aceptaría. Y si Adam no había encontrado a otra persona para entonces, y si no había perdido el interés en Bo, a lo mejor podían probar algunas de esas «cosas de novio».

Hasta entonces, por mucho que le doliera hacerle daño a Adam y decir que no a algo que ambos querían tanto, la amistad era todo lo que podían tener.

Capítulo trece

Adam dejó caer la bolsa de ropa de deporte sudada en la acera y se pasó la mano por el pelo que no se había secado después de la ducha, agradecido por los efectos refrescantes de la evaporación, aunque duraran poco. Incluso a mitad del otoño, las temperaturas de la tarde en Las Vegas eran sofocantes. Si Bo no fuera tan predecible y puntual, Adam se hubiera aprovechado del aire acondicionado del gimnasio durante más tiempo.

Un carraspeo suave y femenino atrajo la mirada de Adam hacia una mujer de mediana edad con ojos amables de color marrón y la piel del mismo color caoba que la de Kyle. Arrugó un poco el ceño y le ofreció una sonrisa dudosa.

—Siento mucho molestarle, pero ¿no será por casualidad la Bestia?

El instinto hizo que Adam endureciera su expresión, y la mujer dio un paso atrás. No fue hasta que ella se movió que Adam vio al niño pequeño a su lado. No podía tener más de ocho años, probablemente más cerca de seis o siete. La mujer abrazó al niño aún más fuerte y levantó una mano a modo de disculpa.

—Sé que debe ser terrible que la gente invada su privacidad de este modo. Lo siento mucho. No hubiera dicho nada, pero es que Trey y su padre son grandes fans de las artes marciales mixtas. Es su luchador favorito. Estaba tan emocionado, y yo solo... No lo he pensado.

Un día normal, Adam hubiera dejado que la mujer se disculpara y siguiera con su día. Pocas veces, si es que pasaba alguna vez, hablaba con sus fans. Eso era parte de su personaje. No una parte que disfrutara, pero una que Kyle le animaba a mantener. Había dicho que haría que Adam fuera más escurridizo y mantendría su nombre en los labios del público. Después de todo, la gente quería lo que no podía tener.

Aun así, a menudo Adam deseaba que las cosas fueran diferentes. Ansiaba una conexión con sus seguidores. Algo que fuera más emocionalmente satisfactorio que ser un bobo pesado que les asustara, por lo menos. Algo parecido a la relación que su padre tenía con sus seguidores.

Bradford Littrell vivía para sus fans. Era una leyenda en el mundo del boxeo. Una leyenda que dibujaba una sombra sobre cada movimiento de Adam, como había hecho desde que era un niño. No existía la opción se ser lo bastante bueno cuando su padre era el mejor. Sobre todo no cuando eligió pelear en una versión «corrupta» de lucha en lugar de seguir los pasos de su viejo.

La mujer apretó el hombro de su hijo. Murmuró otra disculpa y guio al niño pequeño en otra dirección. Adam sacudió la cabeza para librarla de los pensamientos pesados e irritantes que la presencia de su padre siempre despertaba en él. Relajó la mandíbula y una sonrisita arrugó sus mejillas cuando un recuerdo de Bo se apoderó de ese momento oscuro. ¿Cuántas veces le había hablado Bo de dejar ir a su personaje cabrón a cambio de ser quien realmente era?

—Espera. —Adam corrió hacia la mujer y su hijo pequeño. Los dos se dieron la vuelta, y las cejas de la mujer se arquearon por la sorpresa incluso al tiempo que el niño sonreía. Adam se agachó para poder mirar al niño a la cara.

—Perdón por ser un cascarrabias. He estado estudiando mucho últimamente. A veces hace que me enfade un poco. ¿Vas a la escuela, Trey?

Los ojos del niño se abrieron como platos. Miró a su madre, que asintió con la cabeza animándole, y después volvió a mirar a Adam con esos ojos marrones grandes que no dejaban de parpadear.

—S... Sí, señor. Estoy en primero.

Adam pasó los siguientes quince minutos charlando con Trey y su madre, Elsa. Animó al niño a estudiar duro, obedecer a sus padres y no pegar a su hermano pequeño. Después escuchó como el chico tartamudeaba cuando le habló a Adam sobre su equipo de fútbol, su último proyecto artístico y cómo su mejor amigo Niles nunca se creería que había conocido a la Bestia.

—Bueno, ¿y si le damos pruebas? ¿Quieres hacerte una foto conmigo?

Trey soltó un gritito y tiró de la manga de su madre.

—Mami, ¿podemos? ¿Podemos, por favor?

Elsa sonrió con el amor suave, dulce y tolerante de una madre mientras asentía y sacaba el móvil del bolsillo delantero del bolso. Se hicieron por lo menos una docena de fotos diferentes hasta que Trey estuvo satisfecho. Entonces Adam le firmó la gorra, le alborotó el pelo y se despidió de la pequeña familia.

Adam se dio la vuelta para mirar hacia la entrada del gimnasio y sus ojos encontraron un par de ojos verdes brillantes.

Bo estaba de pie a unos metros, apoyado en el capó del Maybach de Adam. Tenía los brazos cruzados y enseñaba los dientes con una sonrisa presumida.

Negando la cabeza y preparándose para las burlas,

Adam se acercó a su orgulloso amigo.

—Adelante, haz lo peor que puedas.

Arqueando una ceja, Bo se alejó del coche con un empujón.

—Eso ha sido precioso y adorable. Estoy orgulloso de ti. —Adam se quedó callado, esperando la puntilla inevitable, pero en lugar de eso la sonrisilla de Bo se transformó en una sonrisa de verdad. Cogió la bolsa de Adam de la acera, le agarró la muñeca y tiró de él hacia el coche—. Ahora tenemos incluso más cosas que celebrar. Somos oficialmente graduados en secundaria, y además le has alegrado la vida a ese niño. Yo diría que nos merecemos unas bebidas.

Adam todavía no podía creerse que hubiera sobrevivido al examen del graduado escolar. La excitación de Bo después de recibir los resultados había sido toda la recompensa que necesitaba, pero Bo se merecía algo más. Bebidas, como mínimo. Pero tendría que pensar en algo más. Algo más grande.

Dejó a Bo en la puerta del copiloto y él se sentó detrás del volante. Durante los últimos meses, la ansiedad que Bo sentía al conducir el en tráfico espeso de Las Vegas había mejorado. Pero, siempre que podía, Adam prefería conducir, aunque fuera solo para dejar que Bo se relajara.

Decidieron ir al mismo club del que habían echado a Bo hacía seis semanas. Se había vuelto su lugar habitual desde entonces, y Bo le dejaba pagar solo porque Adam casi se había arrodillado y suplicado. No fue hasta que Adam señaló que el club de élite proporcionaba seguridad del mejor rango (algo que Bo había aprendido a apreciar después de pasar más de dos meses al lado de Adam) que finalmente accedió. Los precios del club estaban fuera del alcance de Bo pero, por el bien de la privacidad y la seguridad, dejaba que Adam pagara la cuenta.

No era como si salieran a beber regularmente de todas formas. El alcohol no era parte de la dieta aprobada de Adam, y Bo no podía beber ni por asomo.

Una verdad que se volvió totalmente obvia unas pocas horas más tarde.

—Has sido tan adorable con ese niño hoy. —Bo sonrió, una sonrisa grande y tonta. Arrastraba un poco las palabras y tenía los ojos vidriosos detrás de las gafas—. No estoy seguro de que hayas sido tan adorable antes. Como... nunca.

Adam rio y sorbió el agua que había empezado a beber después de su primera copa. Estaba a bordo de la celebración, pero emborracharse no era su *modus operandi*. Bo, por el contrario, no necesitaba más que una bebida para emborracharse. Y esa noche se estaba soltando. Tres copas y el pobre era un desastre borracho.

—¿Qué me dices de volver a casa? —Adam le hizo una señal a la camarera de su sala privada VIP e hizo un gesto como si estuviera firmando en el aire, pidiendo la cuenta. La mujer asintió y desapareció de la barra.

—Casa. —Bo tarareó y cerró los ojos—. Eso me gusta. Me gusta vivir en tu casa. Mi casa. Nuestra casa.

Joder. Adam cuadró los hombros. Eso sonaba bien, ¿no? *Nuestra casa.*

Bo abrió los ojos vidriosos y encontró los de Adam con una mirada un poco desenfocada.

—¿Me despedirías si te besara ahora mismo?

—Vale. —Adam se puso de pie a la vez que una chispa de lujuria caliente se disparaba directamente a su entrepierna—. Definitivamente es hora de llevarte a casa.

—No lo harías, ¿verdad? —Bo frunció el ceño mientras se levantaba con dificultad, tambaleándose tan pronto como estuvo de pie.

Adam le agarró pero tuvo cuidado de mantener distancia entre ellos. El ceño fruncido de Bo se hizo más serio cuando dio un paso adelante. Su cuerpo delgado se apretó contra el de Adam y, por un momento, Adam se permitió devolverle el abrazo.

—Voy a besarte ahora. —Bo rodeó la cintura de

Adam con los brazos y se puso de puntillas. Los labios suaves y llenos de Bo tocaron su mentón cuando Adam volvió en sí en el último momento y volvió la cabeza.

—Bo. —Adam agarró los hombros de Bo y le apartó. La erección dolorosa atrapada en la tela rígida de sus vaqueros de diseño protestó, pero Adam obligó a una cabeza con cerebro a mantener el control—. No quieres hacer esto.

—¿No quiero? —Bo levantó las cejas—. ¿Quién lo dice? ¿Me vas a despedir si lo hago? Yo creo que no. No lo harías. Eres un blandengue de corazón.

Adam rio.

—¿Blandengue de corazón?

—Sip. —Bo pronunció la *p* al final con un cierre exagerado de los labios—. Eres un gran blando con quien quiero quedarme muy, muy desnudo.

—Joder. —Adam gruñó y sujetó a Bo a un brazo de distancia—. Estás borracho. No podemos hacer esto. Voy a llevarte a casa y meterte a la cama.

Bo movió las cejas mientras intentaba librarse de las manos de Adam.

—Sí. Cama. La cama es mejor que un bar para hacer cosas desnudos.

Señor, dame paciencia. Adam cerró los ojos y deseó tener la fuerza para hacer lo correcto.

La camarera les llevó la cuenta, y Adam tuvo que dejar ir a Bo para firmar. Se enrolló alrededor de Adam como una enredadera, y la prueba de su excitación presionó contra el muslo de Adam.

—Bésame. —Bo movió las caderas y arañó la espalda de Adam—. Bésame.

Adam se apartó de los brazos de Bo con cuidado y, una vez más, le sujetó lejos.

—Bo, escúchame. Has bebido mucho. No quiero que te despiertes por la mañana y te arrepientas de esto. Vamos a llevarte a casa y a meterte en tu propia cama.

Bo frunció el ceño mientras se libraba del agarre de

Adam.

—No me importa si estoy borracho. Sé lo que quiero.

—Vale. —Adam alargó la palabra. Se pasó una mano por el pelo para darse un momento para pensar—. Sabes que yo también quiero esto. Joder, he querido besarte desde el día que te presentaste en mi porche. Pero hay razones por las que hemos mantenido nuestra relación platónica todo este tiempo. Razones lógicas y realistas. No podemos dejar que una noche de inhibición disminuida nos venza.

—Vale. —Bo golpeó el suelo con el pie. De verdad, como si fuera un niño de cinco años teniendo una rabieta—. Seré bueno por ahora. Pero más vale que te prepares, porque no será café lo que use para despertarte por la mañana.

Dicho eso, Bo giró sobre sus talones y se marchó.

A Adam le costó todo un minuto recuperarse mientras las imágenes de las muchas, muchísimas formas, en las que había soñado que Bo le despertaba bailaban por su mente. Cuando por fin volvió a la tierra, maldijo en voz baja y se apresuró a salir del bar. Tenía que llevar a un muy borracho Bo a salvo a casa.

Capítulo catorce

Bo se sentía como si incontables mariposas estuvieran atacando su estómago, revuelto y resacoso, con el batir cruel de sus alas. Gruñó y apoyó la mano sobre el estómago mientras las memorias de la noche anterior se proyectaban en su mente en una oleada insultante de vergüenza y remordimiento.

No se arrepentía de haberle pedido a Adam que le besara, en realidad no. Si hubiera dicho que sí, a Bo le hubiera entusiasmado despertarse desnudo en su cama en lugar de enredado en las sábanas de la suya, completamente vestido. Pero Adam no había dicho que sí.

Tenía sentido. Bo no podía culpar a Adam de rechazar su coqueteo ebrio. Después de todo, ¿no había sido Bo el que se había estado asegurando de que su relación siguiera siendo platónica durante los últimos meses? ¿No había sido él quién seguía rechazando a Adam pese a la atracción implacable que intentaba unirles?

Sin el poder inhibitorio del alcohol nublando su buen

juicio, la estupidez de Bo brillaba como un faro reluciente de ridiculez. ¿Por qué había intentado lanzarse a Adam? No había posibilidad de un resultado positivo. No porque Adam no deseara a Bo, pero después de meses de negación no había forma de que fuera a aceptar el flirteo ebrio de Bo como nada más que un error de juicio.

Pero no lo era. Esa vez no. Estaba cansado de luchar contra sus deseos y le rompía el corazón ver a Adam haciendo lo mismo. ¿Y por qué debían seguir haciéndolo? Bo confiaba en Adam. No había confiado en él al principio cuando no le conocía, pero ahora lo hacía. Incluso si rendirse a sus deseos físicos terminaba por arruinar su relación, Adam no se la jugaría. No despediría a Bo sin previo aviso ni le echaría a la calle, sin un lugar donde quedarse y completamente solo.

Como mínimo, Adam le daría tiempo para encontrar otro lugar al que ir. Y, ahora que tenía el graduado escolar, Bo tenía más oportunidades de conseguir otro trabajo. No solo un trabajo, sino uno bueno, uno que podría pagar un salario similar.

Se frotó la sien mientras se dirigía a la cocina. Era domingo, así que pese a la amenaza que había hecho estando borracho, no tenía que despertar a Adam. Con o sin café. Era el único día en el que Adam podía dormir hasta tarde, así que Bo no le molestaría. Pero tan pronto como se levantara, podrían retomarlo donde lo habían dejado. Con un poco de suerte con la lengua de Adam en la garganta de Bo y muchas menos prendas de ropa.

Cuando Bo dobló la esquina hacia el salón para ir directo a la cocina, su coraje se deshizo con un gemido. El calor subió por su cuello hasta sonrojar sus mejillas cuando Adam le miró desde donde estaba tumbado en el sofá.

Eran solo las ocho de la mañana. ¿Por qué estaba Adam ya despierto? No, *ignora eso*, ¿cómo estaba Adam despierto? A Bo le costaba una eternidad sacarle de la cama. Nunca le había visto levantarse por su cuenta antes de las diez de la mañana, como poco.

—¿Cómo puedes estar despierto ahora mismo?

Adam dejó el libro que había estado leyendo sobre su pecho y le ofreció un encogimiento de hombros y una pequeña sonrisa.

—Puse una alarma.

Bo levantó las cejas con incredulidad.

—¿Te ha despertado una alarma? ¿Cómo?

—Pintando muy alto y sin parar. —La sonrisa de Adam se volvió irónica—. Lo creas o no, he estado despertándome solo durante treinta y ocho años antes de que llegaras a mi vida.

—Pero pensaba que tus secretarios te despertaban. —El pánico hizo que el calor de las mejillas de Bo aumentara hasta prácticamente hervir. ¿Había estado haciendo algo que no se suponía que debía hacer? ¿No quería Adam que se metiera en la cama con él y...? *Mierda.*

Adam rio y se sentó, poniendo un marcapáginas en el libro y dejándolo en la mesita de café.

—Normalmente les hacía pasar a mirar para asegurarse de que no retrasaba la alarma demasiadas veces, pero eso es todo. Sin embargo, cuando decidiste despertarme con esos adorables gruñidos y sacudidas frustradas, decidí que esa era una forma mucho más agradable.

—Quieres decir... —Bo se quedó boquiabierto—. ¿Eso no era parte del trabajo? Kyle me dijo que era imposible despertarte. Dijo que tendría que «llegar a lo físico» y me preguntó si me parecía bien. Nunca lo hubiera hecho...

—Por supuesto que lo hizo. Maldito cabrón. —Adam resopló—. No te preocupes. ¿No ves que no me estaba quejando? Soy como un grano en el culo cuando hay que despertarme, pero normalmente es un grano en mi propio culo, no en el de otra persona. Era un cambio agradable. Además, te metía en mi cama, incluso si era de un modo inocente.

El aire se escapó de los pulmones de Bo al mismo

tiempo que su corazón volvía a la vida a una velocidad vertiginosa. Adam le deseaba tanto como él deseaba a Adam. Era imposible dudarlo. Así que, ¿por qué no podía pedir lo que quería ahora que estaba sobrio?

Adam carraspeó.

—Bueno, puse una alarma porque no estaba seguro de lo temprano que te levantarías y quería asegurarme de que dejáramos las cosas claras antes de que pudieran volverse incómodas. No quiero que pienses que ha cambiado nada. Habías bebido y estabas disfrutando del subidón del éxito del graduado escolar. Dijiste cosas que no querías. Eso nos pasa a todos, y no me molestó en absoluto. Todo lo que hay entre nosotros sigue estando igual que estaba antes, ¿vale?

De verdad, no era justo lo perfecto que era Adam. Se había levantado temprano en su día libre para asegurarse de que Bo no se preocupase de lo idiota que había sido la noche anterior.

El único problema era que Bo quería que las cosas cambiaran. No querían que siguieran igual que hasta ahora. Estaba listo para más, incluso si ese más era una apuesta. Era un riesgo que merecía la pena correr.

—¿Qué pasa si quería decir lo que dije? —La voz le salió ronca y en un tono más grave del habitual—. ¿Y si realmente quería que me besaras?

Adam tragó saliva y el bulto de su garganta se movió arriba y abajo con un movimiento exagerado. Subió una rodilla al sofá para poder mirar a Bo más directamente.

—¿Querías? ¿O quieres?

—Quiero. Definitivamente quiero. —Una oleada de valentía animada por el gemido grave de Adam hizo que Bo se moviera. Dio la vuelta al sofá y paró frente a Adam. Unos ojos de un color gris tormentoso, oscurecidos por el deseo que era evidente en sus profundidades, se encontraron con su mirada hambrienta—. ¿Qué me dices de ti? ¿Querías? ¿O quieres?

—Joder. Quiero. Siempre ha sido quiero. —Adam se movió en el sofá hasta que tuvo los dos pies en el suelo. Sus dedos fuertes se agarraron a las caderas de Bo y tiraron de él hasta que estuvo sentado sobre su regazo. Sus pollas se rozaron a través de la tela fina de sus pantalones de pijama y un gemido compartido invadió el aire antes de que Bo cubriera la boca de Adam con la suya.

La menta persistente de la pasta de dientes de Adam cosquilleó la lengua de Bo, luchando contra el sabor amargo del café. Unos labios duros y el roce de la barba se conjuntaron de forma deliciosa con el baile de lenguas y los movimientos apresurados de las manos ávidas.

Bo no podía estar lo bastante cerca. Todo en él gritaba que quería más. Después de tantos meses de contenerse, de apartar sus deseos y necesidades, subieron a la superficie con una intensidad asfixiante. Movió su pelvis hacia Adam, deleitándose en el calor duro que presionó de vuelta y las manos fuertes, labios y lengua que igualaron su desesperación de una forma exacta. No podía tocar, saborear o sentirlo todo al mismo tiempo, pero lo intentó.

Metió las manos bajo la tela de la camiseta ajustada de Adam. Tras ese primer contacto de piel contra piel, sus labios dejaron escapar un gemido. Adam rompió el beso, sujetando las caderas de Bo con las manos mientras los dos jadeaban tratando de meter aire en sus pulmones.

—Si no paramos ahora, me temo que iré demasiado lejos. —La voz de Adam sonaba ronca y tensa—. Quiero esto, Bo. Joder que si lo quiero. Pero necesito estar seguro de que tú también lo quieres. ¿Por qué no nos damos un poco de tiempo para respirar y nos reencontramos después de una ducha?

Bo le clavó los dedos a Adam en los hombros cuando intentó apartarle de su regazo. No iba a dejar que Adam le apartara. Ahora no. De ninguna manera.

—Créeme, quiero esto. Lo he querido desde hace tanto tiempo como tú. Me apunto a una ducha, pero solo si nos la damos juntos. De todas formas, con ducha o sin ella, te quiero desnudo. Como, ya. Puede que salga ardiendo si no siento tu piel contra la mía en los próximos tres segundos.

Adam gruñó y atrajo a Bo hacia otro increíble beso. Cuando se separaron, podían haber pasado minutos. U horas. No importaba. Todo lo que importaba era hacer que Adam estuviera desnudo y dentro de él. No podía soportar más la espera.

—Por favor. —Bo apoyó la frente sobre la de Adam, con sus respiraciones erráticas sincronizándose en armonía mientras Bo movía las caderas en el mismo ritmo—. Te necesito. Te deseo. Llévame a la cama. Por favor.

—Yo... Mierda, Bo. No puedo. Ahora no. —Cuando Bo dejó de moverse, con el alma cayéndosele a los pies, Adam le levantó la barbilla con un nudillo—. Eh, mírame. No estoy diciendo que no. Estoy diciendo que ahora mismo no.

¿No eran las dos cosas exactamente lo mismo? Bo se forzó a asentir y se apartó. Pero antes de que pudiera deslizarse del regazo de Adam, Adam le rodeó la cintura con unos brazos fuertes y le atrapó como un prisionero dispuesto contra el cuerpo que deseaba pero no podía tener.

—Quiero que nuestra primera vez sea especial. —Adam acarició la nariz de Bo con la suya—. Ahora mismo no tengo tiempo para adorarte del modo que quiero. Mi campo de entrenamiento empieza esta semana, así que mis domingos ya no son míos. Tengo que estar en el gimnasio en cuarenta y cinco minutos.

Bo metió la cabeza en el cuello de Adam para esconder una mueca. Era el secretario de Adam. Debía ser él quien le recordara a Adam sus obligaciones matutinas, no al revés. ¿Cómo se había olvidado del campo de entrenamiento? Demasiada bebida, por eso había sido. Y no bastante Adam. Sus ojos se cerraron con un parpadeo cuando Adam le pasó una mano por la espalda en círculos lentos y rítmicos.

—Sé que va a sonar realmente estúpido, pero voy a echarte de menos. —Bo pasó los dedos por la nuca de Adam y jugueteó con el pelo que había allí—. Dejarás que te lleve, ¿no?

Adam rio y los tonos profundos y resonantes atravesaron el pecho de Bo, haciéndole sentir un hormigueo. Las chispas de electricidad se dispararon bajo su piel mientras las vibraciones viajaban hacia el exterior.

—¿Por qué no te unes? No para entrenar, pero no has estado en mi gimnasio todavía. Podrías venir a ver lo que hago allí todos los días. Conocer a algunos de los chicos. A lo mejor ver cómo les doy una patada en el culo en el ring de entrenamiento.

¿Adam quería presentar a Bo a los hombres con los que pasaba tantas horas de su vida entrenando? Bo se apartó para poder mirarle a los ojos. Era demasiado pronto como para interpretar algo de la petición, incluso aunque su corazón deseaba pensar que podía haber entre ellos algo más que deseo físico.

Por otro lado, Adam nunca le había pedido a Bo que le acompañara al gimnasio. Tenía que significar algo, ¿no?

Bo sonrió, y su corazón cantó bajo sus costillas cuando Adam le devolvió el gesto con una sonrisa amplia que enseñaba los dientes.

—Vale, pero solo si prometes que puedo tener al Adam Desnudo más tarde.

Una carcajada salió directamente de la garganta de Adam. Levantó las caderas de modo que sus pollas chocaron y una calidez deliciosa se introdujo en el propio centro de Bo.

—Puedes tener todo el Adam Desnudo que quieras. —Adam entrelazó los dedos de ambas manos tras el cuello de Bo. Atrajo a Bo para un beso dulce, suave y amable. Sus lenguas se encontraron brevemente, una promesa de lo que estaba por llegar, más que algo para animar su situación actual. Después le dio una palmada en el culo—. Vamos. Cuando antes vayamos al gimnasio, antes podremos estar desnudos.

Adam no necesitó decírselo dos veces. Bo saltó de su regazo, escondiendo un gemido al ver la erección de Adam bajo la tela de sus pantalones.

En unas pocas horas, sería toda suya. Todo lo que tenía que hacer era sobrevivir viendo cómo Adam sudaba y se calentaba. No era gran cosa.

Poniendo los ojos en blanco en beneficio propio, Bo corrió a darse una ducha. Una ducha muy, pero que muy fría.

La tarde no podía llegar lo bastante rápido.

Capítulo quince

Pese a que no era su típico uniforme para el gimnasio, Adam se puso pantalones de compresión bajo unos pantalones más anchos. El mismo estilo que se había puesto para los entrenamientos de la tarde siempre que Bo le acompañaba. No impedía que tuviera erecciones, pero al menos las mantenía de algún modo bajo control. Más de lo que estarían sin la tela ajustada, por lo menos.

El viaje al gimnasio había sido una tortura. Había conducido él, lo que dejaba a Bo libre para hacer lo que quisiera. Algo que nunca había sido un problema antes pero había demostrado ser uno ahora que la promesa del sexo colgaba sobre ellos. Las manos y la boca de Bo habían atormentado a Adam con mosdiscos, lametones y caricias que casi habían acabado con él.

Para cuando llegaron al aparcamiento, Adam estaba tan excitado que casi accedió cuando Bo suplicó envolver su polla con esos hermosos labios y terminar con él.

Pero se había negado. Se había mantenido firme.

Después de besar a Bo hasta dejarle estúpido (un reto sencillo, considerando que él mismo se había excitado igual que Bo), Adam le había apartado con gentileza. Mirar a los labios hinchados por los besos y los ojos borrachos de lujuria de Bo era todo el recordatorio que Adam había necesitado.

Después de dos putos meses de abstinencia y anhelo, iba a tomarse su tiempo con Bo. Iba a explorar cada centímetro de piel con las manos, para después volver a dar esos pasos con los labios y la lengua. Bo estaría retorciéndose y suplicando que le dejara correrse antes incluso de que Adam considerara buscar ese calor acogedor y hacerle suyo.

Le había costado una cantidad de tiempo excesiva (y una gran cantidad de distracción interna en forma de recitar estadísticas aburridas) antes de que Adam pudiera salir del coche y entrar en el gimnasio. Y ahora, con la parte más ardua de su rutina hecha, sus niveles de distracción estaban aumentando.

Bo estaba sentado en una débil silla plegable en una esquina del gimnasio fuera de la línea de visión de Adam. Mantenerle alejado había sido necesario después de que la concentración de Adam probase ser incierta cuando sus miradas se encontraban una y otra vez. La tensión sexual entre ellos era tal que podría cortarse con un cuchillo, incluso sin el contacto visual constante. Sirvió como una distracción implacable de la tarea de la que debía ocuparse en el momento.

Aunque no era como si quisiera volver atrás en el tiempo y cambiar de idea sobre invitar a Bo. Había parecido entusiasmado por la petición, y tenerle allí, aunque le distraía, también probó ser motivador. ¿Quién quería parecer alguien débil frente al hombre al que quería llevarse a la cama? Desde luego él no.

Adam pasó entre las cuerdas elásticas cubiertas de cinta aislante del ring de entrenamiento. Su entrenador principal, Eddie Vasquez, le esperaba en la esquina junto a

Kyle, que había llegado unos minutos antes con una sonrisa enorme en la cara.

—Veo que el pequeño Bo Peep está presente. —Kyle rio cuando Adam se golpeó la palma de la mano con el guante de la mano opuesta y le lanzó una mirada fulminante—. Veo que todavía sigues tenso. ¿No has echado un polvo aún o no cumplió tus expectativas?

Adam escupió su protector bucal y atacó a Kyle, sujetándole contra la esquina acolchada.

—No te atrevas a hablar así de él.

Eddie puso una mano en el pecho desnudo de Adam y empujó. No lo bastante como para hacer que Adam se moviera, pero lo suficiente para llamar su atención.

—Guárdalo para el ring, hijo.

—Ya estoy en el maldito ring. —Adam sacudió las cuerdas pero se apartó del espacio personal de Kyle—. No le digas una mierda a Bo. Si le haces daño, te daré una paliza hasta hacerte polvo.

Y lo haría. Que le dieran a su mánager. Le quedaban unos pocos meses para no necesitar uno, después de todo. Quizás. Dependía de cómo fuera el entrenamiento. De todos modos, si Kyle pensaba siquiera en decir algo que hiciera sentir incómodo a Bo, sería pasto de los gusanos.

Los ojos de Kyle brillaron de alegría.

—Sabes que solo me estoy metiendo contigo. Yo quiero que los dos acabéis juntos. Eres un miserable y solitario hijo de puta, y él es perfecto para ti. Solo tienes que abrir los ojos y mirar. Por eso lo elegí.

Adam miró hacia donde Bo estaba sentando en el borde de la silla, con las cejas arqueadas sobre la montura de las gafas y los nudillos blancos por la presión que ejercía mientras cerraba los puños apoyados sobre las piernas. Ofreció una medio sonrisa esperanzada cuando pilló a Adam mirando.

Normalmente, Adam no se salía de su personaje en el gimnasio, y la Bestia nunca sonreía. Pero era prácticamente imposible no sonreírle de vuelta, sobre todo cuando los hombros de Bo se relajaron y le ofreció una gran sonrisa a cambio.

Una mano fuerte golpeó la espalda de Adam. Cuando se volvió a mirar a Kyle con el ceño fruncido, Kyle rio a carcajadas.

—Eso es de lo que estoy hablando. Sabía que ese chico sería bueno para ti. Hasta te tiene sonriendo y todo, cascarrabias.

Eddie le pasó a Adam el protector bucal y miró a Kyle con una expresión que decía «piérdete». Cuando Kyle obedeció y saltó del ring, Eddie apretó el hombro de Adam.

—Dejando la mierda de Kyle a un lado, tengo que admitir que últimamente he notado que has cambiado. Estoy feliz por ti, pero no dejes que se interponga en tu camino, sea lo que sea. Es hora de machacar, hijo. Si quieres mantener tu título, tienes que concentrarte. No hay espacio para distracciones, ¿me entiendes?

Al otro lado del ring, el compañero de lucha de Adam pasó entre las cuerdas. Intercambiaron asentimientos antes de que Adam se librara de la mano de Eddie. Chocó los puños por los nudillos.

—Te entiendo, entrenador. No te preocupes. Estoy concentrado, al ciento diez por ciento.

Eddie le hizo un saludo militar y salió de las cuerdas. Adam desvió su atención a la pared de músculos de unos veinte años que estaba rebotando de puntillas y golpeando el aire en el rincón contrario.

Su mentor tenía razón. Más valía que estuviera concentrado y al máximo. No solo se ponía a sí mismo en peligro si su concentración no era sólida durante una pelea, también ponía en riesgo su carrera.

En lugar de mirar a Bo para ofrecerle un guiño de complicidad antes de que la pelea empezara, Adam mantuvo la vista fija en su oponente. Se encontraron en el centro del ring, chocaron los puños y empezó la pelea.

Bo tendría cada gramo de la devoción de Adam más tarde pero, por ahora, la Bestia tenía trabajo que hacer.

—Estoy bien. Lo juro. —Adam golpeó la bolsa de hielo que Bo no hacía más que intentar apretarle contra la mejilla—. He tenido peores heridas. Joder, tú me has visto mil veces peor que esto. Estaba bien entonces y estoy bien ahora. Lo prometo.

Bo parecía cualquier cosa menos convencido. Se mordió el labio y se balanceó sobre los talones, sujetando la bolsa de hielo cubierta con una toalla con las dos manos, con la mirada fija en el corte hinchado bajo el ojo izquierdo de Adam.

Era verdad. Estaba bien. Sí, le habían pegado con fuerza, pero eso no era nada nuevo.

Aun así, todo aquello había agitado a Bo. Había parecido nervioso antes incluso de que empezase la pelea, pero para cuando había acabado, tenía los ojos abiertos como platos y la cara de color ceniza. De camino a casa, se había sentado acurrucado contra la puerta del copiloto como si estuviera aterrado de tocar a Adam. ¿Y ahora? Todo lo que quería era meterle analgésicos a Adam en la garganta y sujetar hielo sobre sus heridas.

Una puta maravilla. Ahí se iba la tarde de pasión caliente y erótica que había planeado. Bo estaba demasiado preocupado por cuidar de Adam como para llevarle a la cama.

—¿Qué tal un baño? —Bo arrugó las cejas hasta que se escondieron tras la montura de sus gafas—. Un baño caliente podría sentarte bien. Puedo prepararte uno. Incluso tengo una bomba de baño de manzanilla y lavanda. Te relajará.

Adam no quería relajarse. Quería desnudar a Bo y... Un pensamiento se despertó en su cerebro, y sonrió.

—Un baño suena genial.

—¿Sí? —La mirada de Bo se iluminó. Dejó de rebotar y sonrió—. Vale. ¿Cómo de caliente lo quieres?

—No tomo muchos baños. Prepáralo lo caliente que te guste a ti. —Adam aceptó el hielo cuando Bo se lo pasó y sujetó el paquete helado contra su mejilla—. Mantendré esto aquí mientras tú haces lo tuyo.

—Vale. Sí. Perfecto. Vendré a buscarte cuando esté listo. —Bo corrió hacia las escaleras, se tropezó consigo mismo a mitad de camino, se cayó de bruces y después le mostró a Adam las manos con los pulgares extendidos mientras se levantaba—. Estoy bien. Lo siento. Solo tardaré un minuto.

El entusiasmo torpe de Bo siempre había sido una de las partes del hombre favoritas de Adam. Pero, en ese momento, le hizo algo inesperado a su corazón. Se retorció, latió y se encogió en su pecho.

No cabía la más mínima duda de que la cercanía física que Adam deseaba tener con Bo iba más allá de la mera lujuria. Sí, Bo le ponía tremendamente cachondo, pero eso no era todo. Algo que Adam nunca había sentido hacia otra persona afloró a la superficie, burlándose y provocándole incluso mientras prometía tanto un corazón roto como cosas maravillosas.

No estaba enamorado de Bo. Al menos, no pensaba que lo estuviera. El amor no era algo en lo que tuviera mucha experiencia, pero aun así sabía lo bastante como para saber que no pasaba de un día para otro. Y tampoco pasaba en dos meses. Sobre todo no cuando no habían pasado una noche juntos durante ese tiempo. El amor solo pasaba cuando dos personas se relacionaban físicamente de una forma íntima. Necesitaba un compromiso. Un hombre no podía enamorarse de su amigo. No funcionaba así.

¿No?

Adam frunció el ceño mientras subía las escaleras. Encontró a Bo en su baño, agachado junto a la bañera y pasando la mano por el agua humeante. Los chorros a presión estaban encendidos, y unas burbujas que olían como Bo había prometido (a lavanda y manzanilla) vagaban por la superficie del agua. Bo se volvió cuando las zapatillas de deporte de Adam rechinaron sobre las baldosas.

—Oh, iba a ir a buscarte. Todavía está llenándose.

—Creo que está lo bastante lleno. —Adam dejó el hielo en el lavabo y se quitó la camiseta por la cabeza. Ya se había duchado en el gimnasio, pero un baño no sonaba nada mal. El aroma relajante ya estaba haciendo su trabajo. Mala suerte que la relajación y el sueño tuvieran un puesto tan bajo en su lista de prioridades.

Bo tragó saliva y se levantó. Su mirada se dirigió al pecho desnudo de Adam, vagó hasta su estómago y se quedó parada sobre su entrepierna. Esa mirada penetrante fue todo lo que la polla de Adam necesitó como señal de que era hora de jugar. Palpitó, y Bo cerró la boca con tanta fuerza que sus dientes hicieron ruido al chocar.

Adam escondió una sonrisa mientras rodeaba a Bo y cerraba el agua. Se aseguró de presionar su cuerpo contra el de Bo y se deleitó con el gemido agudo que llegó a su oído. Sin apartarse, rodeó la cintura de Bo con un brazo y los sujetó juntos.

—Hay sitio más que suficiente para dos.

—Oh, Dios. —Bo pasó los brazos por la espalda de Adam y dejó las manos sobre sus omóplatos—. ¿Estás seguro? Ese tío te pegó con fuerza. Si necesitas...

Adam inclinó el mentón de Bo y usó sus labios para detener la protesta. Bo se abrió para él, y sus lenguas se unieron en un baile lánguido. No se apartó hasta que Bo se había derretido en sus brazos.

—Todo lo que necesito es a ti.

Capítulo dieciséis

Bo casi se le doblaron las rodillas cuando Adam se apartó. Tuvo que agarrarse al borde del mostrador de granito para estabilizarse y agradeció todas las cosas buenas que había hecho en su vida cuando el siguiente movimiento de Adam fue quitarse los pantalones cortos. Y la ropa interior. Todo a la vez.

—Oh, miércoles. —Bo se tambaleó sobre unas piernas temblorosas y se agarró con el doble de fuerza al mostrador. Intentó forzar su mirada hacia arriba, pero se quedó en la polla impresionante de Adam y no quería moverse de allí.

Una risa estruendosa llenó la habitación, y Adam agitó una mano delante de su entrepierna, sacando a Bo de su trance sobre su miembro.

—Espero que esos ojos abiertos como platos quieran decir que te gusta lo que ves, pero espero incluso más que vayas a devolverme el favor. Te quiero desnudo.

Bo se mordió los labios mientras pasaba la mirada por todos los músculos perfectamente esculpidos del cuerpo de Adam. ¿Cómo podía un hombre como ese querer a un palo como Bo? Los entrenamientos diarios no habían hecho mucho para cambiar su silueta delgada.

El calor le subió por el pecho y floreció en su rostro. Bajo la luz brillante y dura del cuarto del baño, no podría esconderse de Adam. ¿Se daría cuenta de su error cuando Bo se desnudara y Adam viera lo poco con lo que podía trabajar? El rubor se hizo más fuerte cuando sus ojos volvieron a la polla de Adam. Era por lo menos el doble de grande que la suya.

Aquello era un error.

—Ey. Mírame. —Adam dio un paso más cerca, poniendo las manos frías sobre el pecho ardiente de Bo. Bo hizo lo que le pedía, con el corazón latiendo a mil por hora cuando sus miradas se encontraron—. No tenemos que hacer esto. Nunca es demasiado tarde para decir que no o para parar. No quiero que te sientas incómodo. Ni siquiera durante un segundo.

—Uf. Sí que quiero esto. Más que nada. Es solo que... —Bo desvió la mirada del cuerpo de Adam al suyo y frunció el ceño. El cuerpo de dios griego de Adam era perfecto sin importar desde dónde lo mirase—. ¿Qué pasa si no soy, ya sabes, suficiente? No quiero decepcionarte.

Eso era una estupidez. ¿Desde cuando se preocupaba por su cuerpo? A los pocos hombres con los que había estado no les había importado mucho su aspecto. Nunca había tenido tiempo de salir con alguien de verdad, así que habían sido líos estúpidos de una noche de los que más tarde siempre se arrepentía.

¿Cuál era ahora la diferencia? ¿Era porque Adam le importaba? ¿Porque le importaba lo que Adam pensara?

—Bo. —Adam pasó los pulgares por las mejillas de Bo. Su rostro estaba recorrido por líneas duras y serias—. No me decepcionarás nunca. Eres un hombre deslumbrante, tanto por dentro como por fuera. Me siento locamente atraído por ti y me he sentido así desde el primer día. Aunque me siento incluso más atraído por ti ahora, y no porque tu cuerpo haya cambiado con el ejercicio.

El vapor del baño flotaba entre ellos como una representación física de la lujuria y el deseo que habían influido su relación desde el principio. Adam tenía razón. Lo que fuera que había sentido por él ese primer día, no era nada comparado con cómo se sentía ahora. Lo que le atraía a Adam era más que una atracción física.

—Soy un hombre que aprecia la belleza, como pudo verse en mi reacción inicial a ti. —Adam alzó una esquina de los labios en una sonrisa torcida. Sus pulgares continuaron acariciando las mejillas de Bo—. Sin embargo, lo que realmente me seduce es lo que hay en el interior. Y tú, Beauregard Wilkins, tienes un corazón precioso.

—Madre del amor hermoso. —Bo exhaló y agarró las muñecas de Adam con las manos—. Sabes exactamente qué cosas decir, ¿no?

Adam rio.

—Digo las cosas como son, eso es todo. Soy un tipo de hombre que no tolera las mentiras. He descubierto que decir la verdad es la mejor forma de conseguir lo que quieres en la vida.

Podía llamarlo como quisiera, pero Adam no estaba soltando palabras con el objetivo de hacer que Bo cediera. La mayoría de hombres en esa situación probablemente podrían hacer algún comentario agradable o varios para llevar a alguien a la cama. Pero ese no era el objetivo de Adam. Quería que Bo estuviera cómodo. Que se sintiera hermoso, o que al menos creyese que lo era a ojos de Adam. Un logro que había conseguido alcanzar con sus palabras. Por el momento, al menos.

—Vale, así que lo que te estoy oyendo decir es que quieres que me desnude.

—*Tilín, tilín.* Tenemos un ganador. —La sonrisa de Adam iluminó la estancia, avergonzando a las luces del tocador—. Bob, ¿por qué no le enseñas al hombre qué ha ganado?

—¿Bob? —Bo frunció el ceño—. ¿Quién es Bob?

Adam se quedó boquiabierto.

—Joder. ¿Eres tan joven que no sabes quién es Bob Barker? ¿El presentador de *El precio justo*?

—¿No te refieres a Drew Carey?

Negando con la cabeza, Adam dejó caer las manos y bajó los hombros.

—Soy un dinosaurio de verdad, ¿no?

Dejando la levedad a un lado, Bo no quería que Adam cayera en el mismo agujero de inseguridad del que él acababa de salir. Estar desnudo, incluso con un cuerpo tan perfecto como el de Adam, podía hacer que un hombre se sintiera vulnerable. Sobre todo si estaba de pie él solo con su desnudez.

Bo se quitó la camiseta por la cabeza con manos temblorosas. La dejó caer en el suelo y se preparó para que Adam se encogiera con una decepción poco escondida. Pero Adam no lo hizo. Estiró los hombros, con los ojos alerta y relucientes mientras estudiaba la piel revelada de Bo.

Una punzada de duda hizo que Bo cruzara los brazos para esconder los planos de su pecho.

—Puede que seas un dinosaurio, pero tienes el cuerpo de un semidios.

Adam levantó los ojos para encontrar la mirada de Bo. Sus pectorales, decididamente no planos, se flexionaron mientras apretaba y aflojaba los puños. Un destello de alegría malvada se mezcló con la lujuria en sus ojos tormentosos.

—¿Semidios? ¿Y se puede saber por qué solo un semidios?

—Oh, por el amor de Dios. —El hombre era incorregible, pero su seguridad superficial hizo maravillas con la propia confianza de Bo. Rio y tiró de sus pantalones. Cuando cayeron al suelo, con la ropa interior incluida, la mirada de Adam se volvió depredadora. Bo hinchó el pecho, tan enclenque como era, y se deleitó en la admiración—. Métete en la bañera, bestia, antes de que el agua se quede fría.

En lugar de introducirse en las burbujas como le habían dicho, Adam avanzo a grandes pasos y levantó a Bo en brazos. Bo hizo unos aspavientos de sorpresa y después se agarró a los hombros de Adam cuando les metió a los dos en el agua espumosa y aromática.

Bo esperó a que Adam se estirara y después se movió para sentarse a horcajadas sobre su regazo, como había hecho en el sofá esa misma mañana. Apoyó las manos sobre la piel húmeda de los pectorales de Adam para estabilizarse. Sus pollas se rozaron con una fricción deliciosa y lubricada que hizo que los dos gritaran con el contacto. Animado por la oleada maravillosa de calor y paraíso que inundaron su cuerpo al sentir la piel desnuda de Adam contra la suya, Bo movió las caderas de nuevo. Y después otra vez.

—Joder. —Los dedos de Adam se clavaron en las caderas de Bo. Respiró rápidamente y puso los ojos en blanco—. Si haces eso una sola vez más, voy a correrme. Tienes que darme un minuto.

Quedarse quieto requirió más control del que Bo había imaginado. Deseaba seguir moviéndose contra Adam, seguir haciendo crecer ese nudo delicioso de tensión dentro de él. Su polla latió y suplicó atención. Le cosquilleaba la piel con la electricidad reprimida de cada nervio encendido que pedía más.

Pero hizo lo que Adam pedía. Paró y esperó. Le dio a su cuerpo tiempo para enfriarse, para absorber la sensación milagrosa del contacto de piel contra piel que había deseado durante meses interminables, para disfrutar del rostro arrugado de Adam y su respiración fuerte mientras luchaba con su propio autocontrol.

Después de un rato, la necesidad incesante de buscar el alivio del orgasmo inminente retrocedió, dejando en su lugar la necesidad de encontrar simplemente la cercanía. El semblante de Adam se había relajado un poco, así que Bo se arriesgó a moverse de nuevo. Despacio, con cuidado, pasó los brazos alrededor de las costillas de Adam y descansó contra su pecho. Le acarició el cuello con la nariz y murmuró de felicidad cuando Adam pasó los brazos alrededor de Bo y le mantuvo cerca.

—Un baño ha sido una muy buena idea. —Las palabras de Adam retumbaron por su pecho y vibraron contra el de Bo—. Pero no estoy seguro de poder repetir este nivel de perfección. Puede que hayas arruinado todos los baños futuros para mí.

Bo sonrió.

—Puede repetirse. Solo necesitas tener la compañía adecuada.

Adam descansó la mejilla contra la sien de Bo y suspiró.

—Supongo que eso quiere decir que los baños son cosa tuya en un futuro próximo.

¿Y no sonaba eso también como la perfección? La sonrisa de Bo creció, pero, antes de que pudiera decir nada, Adam se tensó.

—Mierda, Bo. No quería que sonara así. Esto no es parte de tu trabajo. No tienes ninguna obligación en absoluto de...

Bo negó con la cabeza mientras se estiraba hasta estar sentado.

—Ni te lo imagines. Créeme, tengo muy claro que esto —apuntó primero a Adam y después a él mismo— no tiene nada que ver con mi trabajo. Ahora mismo no eres mi jefe. No siento ninguna obligación, ni ninguna presión para obedecerte o temer que usarás cualquier cosa que haga, o no haga, en mi contra. Al menos, no de un modo profesional.

—Ni de ningún modo. —Los labios de Adam se aplanaron y su ceño se convirtió en una V—. Aquí no hay ninguna presión. Por ninguna razón.

La preocupación de Adam era innecesaria, pero, a su modo, también reconfortante. No era como si Bo hubiera dudado de las intenciones de Adam, pero era reafirmante verlas confirmadas. A decir verdad, Bo realmente era el empleado de Adam. Era importarte dejar claro cuáles eran las intenciones de ambos. Porque, ¿qué pasaba si Bo pensaba que ese momento no era parte del trabajo pero Adam sí? ¿O al revés?

Sí, eso sería un problema.

—Estas no son mis horas de trabajo, señor Littrell. —Bo guiñó el ojo cuando Adam arqueó una ceja—. Y sí, no hay presión. Por ningún lado. Tú tampoco tienes que hacer nada que no quieras hacer.

Adam echó la cabeza hacia atrás y rio a carcajadas.

—No te preocupes por eso, cariño. He querido corromper nuestra relación desde el primer día. Solo tenía que esperar a que tú quisieras lo mismo.

Bo se retorció de deleite con el apelativo cariñoso.

—Sí, bueno. Tenía la cabeza metida en el culo al principio. Es un espacio muy justo y me costó un tiempo conseguir escapar.

Un gruñido salió de la garganta de Adam y volvió a apretar con fuerza las caderas de Bo.

—Tienes que tener cuidado de verdad con lo que dices. Estaba empezando a controlarme.

A Bo le costó un minuto entender lo que Adam quería decir. Cuando el doble sentido se hizo un hueco en su cerebro, dejó salir una risotada. Movió las caderas y sonrió con picardía.

—Oye, no fui yo quien votó por un tiempo de enfriamiento. Mi culo estrecho y yo estamos preparados y listos para empezar cuando tú quieras.

—Mierda puta. —Adam agarró las caderas de Bo y los sacó a los dos del agua en un único movimiento. El agua mojó el suelo del baño, y el estómago de Bo dio un vuelco mientras se daba prisa para agarrarse al cuerpo resbaladizo de Adam.

Una lista de juramentos inventivos salieron de los

labios de Adam mientras salía de la bañera y marchaba al dormitorio principal. Dejó caer a Bo, todavía mojado y cubierto de restos de la bomba de baño, sobre la cama y le apuntó con un dedo.

—No te muevas.

Sonriendo, Bo se apoyó en un codo para poder disfrutar de la ridícula vista del culo perfecto de Adam mientras caminaba hacia el baño. Un momento después, Adam volvió a medio secar y sujetando una toalla limpia y mullida.

—Te voy a secar para que no te mueras de frío. Después voy a explorar cada centímetro de tu cuerpo hasta que tú y tu pequeño culo estrecho estéis suplicando correros. —Dio un paso adelante y arqueó una ceja—. ¿Alguna pregunta antes de que empecemos?

—No. Ninguna. —Bo se dejó caer de modo que estuvo tumbado de espaldas, extendiendo brazos y piernas como una estrella de mar—. Soy todo tuyo, cariño.

Capítulo diecisiete

Adam se tomó su tiempo secando el cuerpo hermoso y brillante de Bo. Había planeado hacerlo rápido, por temor a que se quedase frío con el aire acondicionado, pero el brillo caliente de la piel de Bo contaba una historia diferente. Así que Adam se entretuvo con la tarea. Usó un poco la toalla, pero sobre todo lamió el agua con la lengua. Probando y provocando. Deleitándose en los gemidos maullados de Bo y los movimientos incesantes.

Cuando llegó a la polla hinchada de Bo, se entretuvo incluso más tiempo. Lamiendo, besando y tocando en todas partes excepto en esos lugares en los que Bo más lo necesitaba. Para cuando pasó la lengua por el borde de las pelotas de Bo por primera vez, el otro hombre era un montón retorcido de murmullos incoherentes y puños apretados.

—Joder. —Bo arqueó la espalda y arañó la ropa de cama cuando Adam continuó el camino que había empezado. Pasó la lengua por la polla de Bo y después la metió en su boca. Bo se sobresaltó y dejó escapar un gemido agudo—. Oh Dios, oh Dios, oh Dios.

Hacer mamadas nunca había sido la actividad favorita de Adam. Tampoco había sido algo que se sintiera obligado a hacer. Considerando que el total de sus experiencias sexuales giraba alrededor de líos de una noche y aventuras cortas con groupies y fans, sus responsabilidades habían sido mínimas. La mayoría de sus compañeros simplemente se habían contentado con llevar a la Bestia a la cama. Él no había tenido que hacer mucho más que estar presente y ellos eran la mar de felices.

Pero era diferente con Bo. Adam no quería tumbarse y ser un participante pasivo. Le deseaba de más modos de los que un polvo rápido podría saciar nunca. Necesitaba saborearle, sentirle y rodearse de todo lo que era Bo. Y eso incluía su deliciosa polla.

Adam canturreó alrededor de la polla de Bo con una satisfacción que no había conocido nunca antes. ¿Había estado perdiéndose cosas por no hacer mamadas durante todo este tiempo? ¿O era tan embriagador y satisfactorio solo porque se trataba de Bo?

Cuando los jadeos de Bo y los giros de cadera sensuales se unieron a un gemido grave y continuo, Adam obtuvo su respuesta. Sin ninguna duda, eran las reacciones de Bo y saber que era él quien las estaba provocando lo que hacía que Adam tuviera ganas de más. No era que el acto en sí le repugnara. Nada más lejos de la verdad, de hecho. La polla de Bo era el bocado perfecto y su sabor único la personificación del deleite que le hacía la boca agua.

Quizás lo que decían era verdad. Cuando encontrabas a alguien que era perfecto para ti, todo lo relacionado con ellos también lo sería.

—Tienes que parar. —Bo se levantó sobre un codo y empujó el hombro de Adam—. Voy a correrme. No quiero. Aún no.

Adam dejó la boca libre y sonrió cuando Bo se dejó

caer de nuevo sobre la cama con un encantador gruñido miserable.

—Debo de estar haciendo algo mal. Pensaba que estarías suplicando correrte, no rogando no hacerlo.

Bo movió la cabeza de adelante a atrás.

—No, nada mal. Todo bien. Es solo que no quiero. No a no ser que estés dentro de mí. —Movió las caderas, buscando desesperadamente la fricción y encontrando solo aire. Gimió y levantó la cabeza para encontrar la mirada de Adam—. Por favor, te necesito. Voy a morir si no te tengo.

El cuerpo de Adam se tensó cuando las palabras de Bo le atravesaron. Su polla palpitó contra el colchón, pidiéndole que cumpliera la petición de Bo sin tardanza. Subió por el cuerpo de Bo hasta que sus pollas se tocaron y un gemido compartido llenó el aire entre ellos.

—Ahí está la súplica que yo estaba esperando.

Entrelazando las manos tras el cuello de Adam, Bo tiró de él para darle un beso. Era un beso hambriento y exigente, pero al mismo tiempo suave y dulce.

—Suplicaré todo el día si quieres que lo haga, pero las cosas pueden ponerse feas si al final no consigo lo que quiero.

—Oh, por eso no te preocupes. —Adam se estiró hacia su mesilla de noche y sacó el lubricante y una caja nueva de condones que había comprado con la esperanza de que llegara ese día—. Yo no duraré mucho más. Si no hubieras empezado a suplicar cuando lo has hecho, hubiera empezado yo.

Adam le robó otro beso profundo y decadente antes de sentarse sobre sus talones entre las piernas abiertas de Bo. Bajo la mirada vigilante y hambrienta de Bo, se puso el condón y derramó lubricante en la palma de su mano. Frotó la mitad sobre el látex.

Sin que se lo pidiera, Bo abrió más las piernas, sujetando cada rodilla con una mano para mantenerlas dobladas. La postura exponía su culo y su polla de una forma perfecta.

—Usa lubricante, pero no pierdas el tiempo con un montón de preparación. Confía en mí, estoy preparado. Más que preparado. Quiero sentirte, ahora y también más tarde.

Un gruñido animal cortó el aire. Adam se mordió el labio para frenar las obscenidades que amenazaban con seguirlo. Cubrió dos dedos con lubricante y los frotó contra la entrada de Bo. Su mandíbula se tensó en respuesta al gemido ronco de Bo.

Adam pasó un dedo a través del anillo tenso de músculo, y las manos de Bo dejaron caer sus rodillas para agarrar las sábanas. Cuando metió un segundo dedo, la polla de Bo tembló contra su abdomen y empujó contra la mano de Adam, forzando una intrusión más profunda.

—Vale, sí. Estoy listo. —Bo levantó la cabeza y se pasó la lengua por los labios de forma muy deliberada—. Vamos a hacer esto.

Respirando con calma, Adam sacó los dedos, los frotó contra la toalla desechada, y después se posicionó sobre Bo. Presionó con la polla contra el culo lubricado de Bo y se movió hacia adelante hasta que metió la punta. Hizo una pausa, dándole a Bo la oportunidad de acostumbrarse, y después rodeó los hombros de Bo con los brazos para poder susurrarle al oído.

—¿Todo bien?

—Totalmente. —Bo tarareó y movió las caderas—. Adelante. Dámelo, cariño. Dámelo todo.

Adam nunca había rechazado una orden directa, sobre todo no una de Bo y sobre todo cuando le llamaba cariño, así que se introdujo el resto del camino. Esta vez, la corta pausa fue para beneficio propio. La presión exquisita y el calor estuvieron cerca de deshacer el poco control que le quedaba.

Tan pronto como Adam se movió de nuevo, Bo le arañó la espalda, murmurando cosas incomprensibles en una voz gimoteante y suplicante. Rodeó la cadera de Adam con las piernas delgadas y tiró de él hasta que estuvo más cerca. Enterrándole más profundamente. Haciendo que se moviera más rápido y con más fuerza.

La amenaza del orgasmo se enrolló fuerte y dolorosamente en el centro de Adam. Temiendo correrse y dejar atrás a Bo, introdujo una mano entre sus estómagos y agarró la polla de Bo con el puño. Bo arqueó la espalda y arañó la espalda de Adam con manos frenéticas mientras él les llevaba a ambos hacia el precipicio.

Bo gritó cuando una inundación de calor líquido se derramó entre ellos. Adam cubrió la boca de Bo con la suya, bebiéndose sus gemidos y gruñidos mientras su propio orgasmo le recorría el cuerpo.

Varios minutos, que podían haber sido horas, más tarde, algo golpeó a Adam en las costillas. Gruñó, pero no se movió. Su respiración era normal de nuevo, pero su cabeza seguía en las nubes. En las alturas sin ninguna esperanza de bajar pronto.

—Joder, Adam. —La voz de Bo era ronca y distante. Ese golpecito irritante volvió al flanco de Adam, esta vez con más fuerza—. Debes pesar una tonelada después del sexo. Va a haber un agujero con forma de Bo en tu cama si no te quitas de encima mío.

—Mierda. —Adam se levantó sobre las manos para poder sujetar su propio peso, los brazos más temblorosos que después de uno de sus entrenamientos más duros de cintura para arriba—. Perdona. ¿Estás bien?

Bo movió los hombros y sonrió.

—Perfectamente. Gracias. Sobre todo ahora que puedo respirar.

—Lo siento. —Adam repitió la disculpa, con las mejillas inundándose de calor. Cogió la toalla y limpió la evidencia del orgasmo de Bo de ambos cuerpos, antes de tirarla al suelo. Bo sonrió como un bobo todo el tiempo, las piernas todavía alrededor de las caderas de Adam.

—Voy a ir al baño a tirar el condón. ¿Necesitas algo? ¿Un poco de agua?

Bo negó con la cabeza mientras sus labios dibujan una sonrisa pícara.

—Solo a ti. Así que, ¿qué tal si te das prisa?

Riendo, Adam se liberó de las piernas de Bo y saltó de la cama. Entró al baño, se limpió y después volvió a donde Bo esperaba con una toalla caliente en la mano. Apuntó al culo de Bo, que no se había movido un centímetro desde que se había ido.

—¿Quieres que la pase?

Estirando los brazos sobre la cabeza, la mandíbula de Bo crujió con un bostezo. Asintió y dejó que sus piernas se abrieran. Adam subió a la cama, besando la parte interna de la rodilla de Bo antes de limpiarle. Dejó caer la toalla al suelo y tiró del edredón para liberarlo del lado de la cama sobre el que no estaba tumbado Bo.

Cogió la forma débil de Bo con los brazos, dio unos pasos atrás sobre las rodillas, y les metió a los dos bajo las sábanas frías. Bo se movió, pero solo lo suficiente como para que su cuerpo estuviera completamente presionado contra el de Adam, con las piernas entrelazadas y la cabeza descansando en el hombro de Adam.

—¿Podemos hacer eso otra vez? —Bo arrastró las palabras con cansancio, pero apretó los brazos alrededor de Adam para enfatizar—. Como, ¿todos los días?

Adam besó la línea del pelo de Bo y pasó los dedos en círculos concéntricos suaves sobre su hombro.

—Soy para ti cuando sea que me quieras.

—Mmm, bien. —Bo ronroneó bajo las caricias de Adam—. Aunque puede que te arrepientas de esa oferta abierta cuando venga aquí corriendo y te despierte tres veces por noche.

Adam se tragó una carcajada. ¿Se suponía que eso era una amenaza? Había dormido mal durante meses gracias al hombre al que ahora sujetaba en sus brazos, con dificultad para quedarse dormido y despertándose frecuentemente de sueños eróticos que palidecían en comparación con la experiencia que habían compartido.

—Sí, eso no va a pasar, cariño.

Bo levantó la cabeza y abrió y cerró los ojos con unos párpados pesados.

—¿Cómo dices?

—No vas a venir corriendo a mi habitación en mitad de la noche. Puedes correrte aquí, pero no vas a venir corriendo. Si entiendes lo que quiero decir. —Adam apretó los labios para detener una sonrisa implacable. Cuando Bo siguió mirándole con unos parpadeos exagerados, Adam rio—. Puedes despertarme todas las veces que quieras, pero si tengo algo que decir al respecto, ya estarás desnudo y en mi cama. No hará falta que hagas nada más que apretar ese cuerpo sexy contra el mío y estaré listo.

—¿Quieres que me quede en tu cama? ¿A pasar la noche? —Bo inclinó la cabeza y frunció el ceño—. Tú no haces eso.

Adam apretó el pulgar entre las cejas de Bo para alisar la pequeña V que se había formado. Bo tenía razón. Adam no hacía lo de pasar la noche. Tampoco tenía sexo en su casa. Bo era el primer hombre con el que había estado en su propia cama. El primer hombre al que había querido en su cama. ¿Y ahora? No quería que se fuera. Nunca.

—Tienes razón. No hacía eso. Pero ahora lo hago. O al menos quiero hacerlo. Contigo.

Los ojos de Bo se llenaron de deleite mientras se mordía el labio superior. Las comisuras de sus labios se estiraron en una sonrisa.

—¿Sí?

—Oh, sí. —Adam cubrió con la mano la nuca de Bo, guiándole hacia abajo para besarle.

—Bueno, entonces, bien. —Bo arrugó la nariz antes de descansar la cabeza en el hombro de Adam y acurrucarse de nuevo entre sus brazos—. No estaba deseando hacer el viaje por el pasillo tal y como vine al mundo. Hace un poco de fresco aquí cuando estás desnudo.

—No te preocupes. Yo te mantendré caliente. —Adam se tumbó de lado y acurrucó a Bo cerca—. Probablemente demasiado caliente, porque no tengo intención de dejarte ir.

Y lo decía enserio. Para bien o para mal. Con un poco de suerte, Bo no necesitaba espacio personal para dormir, porque Adam no iba a darle ninguno.

Bo posó varios besos sobre la clavícula de Adam y suspiró.

—Eso no será un problema. Me he pasado dos meses deseando esto. Es exactamente lo que quiero.

—¿Así que tú también? —Adam rio—. Bien. Podemos ser idiotas empalagosos y codependientes juntos.

Capítulo dieciocho

El tono de llamada que Lulu había elegido para sí misma (una canción infantil odiosa que volvía loco a Bo) hizo eco a través del cerebro semicomatoso de Bo. Gruñó y se acurrucó aún más contra el calor de Adam. Su hermana volvería a llamar si era importante. O le dejaría un mensaje. Bo no quería moverse.

Había pasado una semana desde que él y Adam se habían acostado por primera vez, pero lo habían hecho incontables veces desde entonces. Antes de dormir. En mitad de la noche. Antes de que Adam se fuera al gimnasio. Cuando llegaba a casa. No importaba qué momento del día era, no podían tener bastante el uno del otro.

Todavía no podía creerse que estuviera pasando. Cada vez que se despertaba desnudo junto a Adam, tenía que pellizcarse para asegurarse de que no estaba soñando. Y no era solo el sexo; todo había cambiado en su relación. Incluso cuando Bo estaba técnicamente «en horas de trabajo», él y Adam ignoraban ese hecho. No había más momentos en los que eran jefe y empleado. Todo era solamente ellos. Juntos. Siendo felices.

La voz demasiado alegre de Barney el dinosaurio púrpura cantarín llenó el silencio de nuevo, trinando alegremente sobre lo mucho que te quiere, lo mucho que tú le quieres, y como todo el mundo es una gran familia feliz.

Una alarma cruzó el cerebro atontado de Bo. Se sentó a la velocidad del rayo, con el pánico haciendo que el pulso se le acelerara mientras luchaba para liberarse de Adam y las mantas. Gateó por la cama y cogió el teléfono de la mesita de noche, después deslizó el botón verde para descolgar por la pantalla y arrastró el teléfono a la oreja.

—¿Lu? ¿Estás bien?

—Ahí estás. —La voz irritada de Lulu asaltó el oído de Bo. Podía escuchar la mueca de disgusto en ella—. ¿Por qué no has contestado la primera vez que te he llamado? ¿Y si me hubiera estado muriendo?

Bo se frotó una mano por los ojos cansados.

—Estaba dormido, Tallulah.

—Oh, sacando a relucir el nombre completo. ¿Qué he hecho esta vez? ¿Respirar mal?

Suspirando, Bo miró a Adam, que no se había movido un centímetro mientras seguía dormido, y se deslizó hacia atrás para apoyarse en el cabecero de la cama. Se cubrió el regazo desnudo con las mantas y forzó a su cerebro medio dormido a tener paciencia. Miró la hora antes de contestar.

—Son solo las seis de la mañana. ¿Qué te ha hecho pensar que estaría despierto?

Lulu resopló con exasperación.

—Solías levantarte a las cuatro todos los días, así que perdóname por no darme cuenta de que tu horario había cambiado. Por Dios, ¿qué soy? ¿Adivina? ¿Se supone que tengo que leerte la mente o alguna mierda así?

—Ese vocabulario, Lulu. ¿Qué pasa, chica? —Bo se apartó el teléfono brevemente de la oreja para comprobar que era realmente su hermana pequeña quien estaba al otro lado. No se engañaba pensando que Lulu nunca decía palabrotas, pero siempre tenía cuidado de no hacerlo en su presencia. Siempre había sido un poco listilla, pero considerando que solo eran las seis de la mañana, estaba siendo algo extra especial aquella mañana—. ¿Algo va mal? No pareces tú misma.

—Te estoy llamando de puta madrugada. Por supuesto que algo va mal.

—Vale. —Dijo la palabra despacio, dejando que esa última transgresión del lenguaje pasara desapercibida a favor de responder a la admisión malhumorada—. Habla conmigo. ¿Qué pasa?

Ella carraspeó, y él se la imaginó cruzando los brazos y frunciendo el ceño de ese modo adolescente angustiado que se le daba tan bien.

—No me gusta esto. Quiero volver a casa.

Él se rascó la frente con un pulgar y frunció el ceño.

—¿Qué es lo que no te gusta de allí?

—No encajo aquí. No soy como estas personas. —Su voz se volvió pequeña, y resopló al otro lado de la línea—. ¿Puedo volver a casa? ¿Por favor? ¿Solo por un fin de semana? Te echo de menos.

Bo se mordió el labio inferior mientras intentaba calcular las logísticas de traer a Lulu a Las Vegas para una visita. Le había dado su coche cuando se fue a la universidad para que pudiera ir y volver a su residencia. Pero él ya no tenía una casa a la que ella pudiera volver. Necesitaría alquilar una habitación de hotel. Y coger unos días libres, algo que esperaba que a Adam no le importase concederle.

—¿Bo?

—Estoy aquí. Perdona, estoy intentando hacer que mi cerebro se despierte. Por supuesto que puedes venir a visitarme. ¿Qué tal este fin de semana? Hablaré con mi jefe para que me dé unos días de vacaciones.

Lulu se quedó en silencio un momento antes de soltar una exhalación.

—Vale. Ahora tengo que prepararme para clase, ¿pero puedo ir el viernes por la noche? Podría salir directamente después de mi última clase.

—Eso suena perfecto. —Bo trató de que su voz sonara entusiasta—. Llámame si necesitas hablar o algo antes de eso, ¿vale?

Lulu dijo que sí, y colgaron después de intercambiar «te quiero» y las promesas habituales de portarse bien, estudiar duro y conducir con cuidado el viernes por la noche.

Bo apoyó la cabeza contra el cabecero de la cama.

—Mierda.

—¿Todo bien, cariño?

La pregunta en la voz inesperada y ronca de Adam asustó a Bo. Gritó y después dejó escapar una risita autocrítica.

—Jolín, me has dado un susto de muerte. ¿Qué haces despierto?

—Sonabas preocupado. —Adam levantó las mantas, revelando su torso desnudo y perfectamente musculado, y abrió los brazos a modo de invitación.

Bo se deslizó en la calidez acogedora de su abrazo. Permitió que los círculos tranquilizadores que Adam le dibujaba en la espalda aliviaran la tensión que la llamada de Lulu había despertado.

—¿Quieres hablar de ello? —Adam posó los labios sobre el pelo de Bo cuando habló, posando un beso sobre su cabeza para puntuar la pregunta. Para que Bo supiera que estaba allí, como siempre.

—Lulu está teniendo dificultades en la universidad. Quiere venir a casa el fin de semana porque echa de menos a su querido hermano mayor. —Bo pasó los dedos por el bíceps de Adam para conseguir algo de tiempo para reunir coraje. Los nervios hacían que el estómago le diera vueltas. ¿Se enfadaría Adam con él por pedirle tiempo libre en el último minuto?—. ¿Habría, eh, habría algún problema si me tomo el fin de semana libre? Sé que no es demasiado tiempo de antelación, pero...

—Cariño. —Adam dejó de dibujar patrones sobre la espalda de Bo y puso los nudillos bajo su barbilla. Sus miradas se encontraron, y Adam sonrió—. Por supuesto que puedes tomarte el fin de semana libre. Te daría el resto de tu vida libre si pensara que estarías dispuesto a tener el título de Hombre Mantenido.

Bo echó la barbilla atrás y negó con la cabeza con horror. ¿Un hombre mantenido? Como... ¿qué? ¿Adam quería pagar todas sus facturas para que él pudiera vaguear y no hacer nada? Eso no iba a pasar. No solo se volvería loco sin nada que mantuviera su mente activa, sino que de ninguna manera iba a arriesgar el futuro de Lulu. ¿Y si Adam se cansaba de él? ¿O empezaba a resentirse con él por vivir de su dinero? Tendría que buscar un trabajo con una pausa inexplicable en su vida laboral. Ya era lo bastante complicado encontrar trabajo con un historial probado. Nadie le contrataría si había dejado de trabajar.

Adam rio.

—Lo sé, lo sé. Eres demasiado cabezota e independiente para eso, lo que respeto muchísimo. Pero lo que quiero decir es que puedes tener tiempo libre cuando quieras. Todo lo que tienes que hacer es hacérmelo saber y es tuyo. Solo para que no me preocupe por ti cuando no estés encima mío de ese modo que me gusta tanto.

Bo puso los ojos en blanco pero sonrió mientras pellizcaba el lugar donde Adam tenía más cosquillas: el lado de las costillas bajo la axila. Adam aulló y les movió a los dos hasta que estuvo a horcajadas sobre Bo. Sujetó los brazos de Bo contra la cama e hizo una mueca.

—¿A qué ha venido eso? Creía que estaba siendo amable.

Decir que estaba siendo amable era quedarse corto. ¿Cuántos jefes les darían a sus empleados un tiempo de vacaciones ilimitado? Y sin ninguna anticipación real. A Bo nunca dejaba de sorprenderle lo dulce y maravilloso que

Adam podía ser. Le desconcertaba recordar cómo había podido temer la idea de trabajar para un hombre como Adam, cuando la percepción no podía haber estado más alejada de la verdad.

—Oh, lo estabas. —Bo torció la cabeza y sonrió. Movió las caderas de modo que sus pollas se encontraran—. Quería que estuvieras encima mío, eso es todo. Tenemos mucho que compensar si voy a estar fuera todo el fin de semana.

—Eh, echa el freno. ¿Quién ha dicho nada de que vayas a estar fuera todo el fin de semana? —Adam frunció el ceño—. Pensaba que Lulu iba a venir aquí.

Los nervios se despertaron de nuevo. Adam había accedido a darle tiempo libre, pero claramente había asumido que Bo seguiría en la casa. Lo que quería decir que estaría disponible en caso de que hubiera una emergencia. ¿Cambiaría de idea si supiera que Bo planeaba ir a un hotel con Lulu en lugar de hacer que se quedara sola?

—Sí. Quiero decir, va a venir a Las Vegas, pero voy a reservar habitación en un hotel. —Bo se encogió cuando Adam frunció aún más el ceño—. Para los dos.

Cruzando los brazos sobre el pecho esculpido, Adam entrecerró los ojos.

—¿Por qué?

Porque Lulu sonaba desesperada, por eso. No había forma de que fuera a hacerle quedarse sola en un hotel cuando parecía tan deprimida.

—Va a hacer todo el camino hasta aquí. Quiero pasar tanto tiempo con ella como pueda.

—Bueno, sí. —Adam inclinó la cabeza—. Pero no entiendo por qué podrías pasar más tiempo con ella en un hotel que aquí. ¿Tienes miedo de que yo interfiera? No me importaría desaparecer el fin de semana. Mientras pueda volver a casa por la noche y compartir una cama contigo, puedo hacer cualquier cosa.

¿Adam pensaba que Bo iba a traer a Lulu a su casa?

De ninguna manera. Eso estaba mal a todos los niveles.

—Ah, no quería decir que Lulu fuera a quedarse en tu casa, cariño. Nunca te haría eso. Estará en el hotel, y por eso yo quiero estar allí. Para estar cerca de ella.

—Oh, por el amor de Dios, Bo. —Adam rio, abriendo los brazos para poder envolver a Bo con ellos—. No vais a quedaros en un hotel. Ninguno de los dos. Esta es tu casa. Si Lulu va a venir de visita, debería quedarse aquí, en tu casa. Hay cuatro habitaciones de invitados. Hay espacio más que suficiente.

Un millar de mariposas echaron a volar en el pecho de Bo. ¿Adam consideraba que su casa era también la suya? Eso era... Bo tembló. Eso era lo mejor que le había pasado nunca.

Adam besó la punta de la nariz de Bo y sonrió con picardía.

—Además, soy un cabrón egoísta. No hay forma de que vaya a renunciar a una sola noche contigo. Lulu es una chica mayor, y tú mismo dijiste que sabe que eres gay y activo sexualmente. No me importa llevar ropa y abstenerme del sexo mientras ella está en la casa. Pero no hay razón por la que no puedas venir a nuestra cama y dormir en mis brazos porque Lulu esté aquí.

¿Nuestra cama? El estómago de Bo dio un vuelto, y un caleidoscopio de mariposas se movieron para llenar sus profundidades agitadas. Vale, a lo mejor había hablado demasiado pronto. *Nuestra cama* podría ganar a *tu casa*. Quizás. Posiblemente. No podía decidir cuál era mejor y, en ese momento, no le importaba mucho.

Capítulo diecinueve

dam pasó las piernas por el lado de la cama y frunció el ceño en la oscuridad. Considerando que había pasado treinta y ocho años durmiendo solo (y al menos veinte de esos años manteniendo a otras personas alejadas de forma activa), su nerviosismo no tenía sentido. Debería poder dormir sin compañía en su propia cama sin ningún problema.

Pero claramente no iba a pasar. No sin Bo.

En las dos semanas desde que finalmente se habían rendido a su deseo mutuo, Adam no había dormido solo ni una vez. Bo había compartido su cama cada noche, desnudo y cálido. Si Adam había dormido como un tronco antes, no sabía como llamar el dormir con Bo cerca, sus cuerpos saciados y sus corazones llenos. Prácticamente se volvía comatoso.

Ahora, con Bo de vuelta en su habitación a dos puertas de distancia, Adam estaba inquieto y tenso. Con Lulu en la ciudad, Bo había decidido que tenían que mantener algún aspecto de propiedad y dormir en habitaciones separadas, pero la cama de Adam nunca le había parecido tan vacía, ni su corazón había estado tan dolorido. Echaba de menos a Bo, penosamente.

Era una estupidez. Bo solo estaría lejos unas pocas noches y después todo volvería a la normalidad. A su nueva normalidad. A la perfección de las dos últimas semanas. O eso esperaba. Pero no había ninguna garantía, ¿no?

De allí era de dónde venía la tensión en su pecho, del miedo al futuro. Todas las cosas buenas tenían un final, después de todo. Igual que su carrera acabaría en algún momento, lo mismo pasaría con su relación con Bo. Era simplemente cuestión de tiempo.

Adam se levantó. No podía darle vueltas en la cama toda la noche. Si no iba a dormir, haría algo productivo. A lo mejor si se daba una paliza en el gimnasio, se olvidaría de lo solo que estaba durante unos minutos y se quedaría dormido por puro cansancio.

Después de vestirse para un entrenamiento, Adam se arrastró por el pasillo. Puso una mano sobre la puerta de Bo, robando un momento de consuelo por su cercanía antes de bajar las escaleras de puntillas.

La luz brillante de la cocina le llamó la atención. Frunció el ceño. Había sido el último en irse a la cama y había apagado todas las luces antes de subir al piso de arriba. Como había prometido, había evitado la casa hasta después de la once para darles a Bo y a su hermana tiempo de estar solos. Ninguno de los dos había estado despierto cuando había vuelto a casa, una verdad que solamente alimentaba sus inseguridades.

Bo ni siquiera se había quedado despierto para un beso de buenas noches a escondidas.

¿Pero a lo mejor también tenía problemas para dormir? ¿A lo mejor podían robar ese beso ahora?

Cuando Adam entró a la cocina, toda la esperanza que se había permitido tener ante la idea de ver a Bo se desvaneció. En su lugar, apareció la confusión.

Una chica pequeña y delicada con el pelo negro azabache y la piel de porcelana (una imagen reflejada de su hermano en femenino) estaba sentada en la mesa. Su mano envolvía el cuello de una botella de cerveza y había lágrimas gordas rodando por su cara. Se deslizaban en pequeños ríos sobre sus mejillas, manchándolas con los restos de lo que podía haber sido una vez maquillaje. Ahora era un desastre.

Adam no estaba acostumbrado a estar alrededor de mujeres. Su mundo siempre había estado lleno de hombres duros que tenían expectativas duras, empezando por su padre y llegando hasta Eddie, Kyle y la infinidad de otros hombres con los que se asociaba durante los entrenamientos y las peleas.

A causa tanto de la costumbre como de los nervios, Adam se puso en modo Bestia. Siempre que no sabía cómo actuar, era más sencillo meterse en el papel, así que frunció el ceño y cruzó los brazos.

—Pensaba que solo tenías dieciocho años. ¿Por qué te estás bebiendo mi cerveza?

Lulu soltó un gritito de sorpresa. Dio un bote, y la botella de cerveza se cayó. El contenido salpicó toda la encimera y formó un charco al lado de los pies de Adam. Ella parpadeó mientras le miraba, los ojos de un color azul vivo (sin ayuda de gafas) la primera diferencia visible entre ella y Bo. Incluso su pelo estaba peinado en un estilo corto que, a lo lejos, se parecía a los rizos despeinados artísticamente de Bo.

Cuando hipó y una nueva oleada de lágrimas llenó sus ojos, Adam suspiró. Descruzó los brazos y cogió unos cuantos paños de cocina. Lulú aceptó el que le dio, pero no se movió para limpiar el desastre de la encimera, incluso cuando él se agachó para limpiar el suelo. Adam se puso en pie de nuevo e inclinó la cabeza, mirando más de cerca sus ojos vidriosos. Puede que fueran azules (no verdes), pero había visto a otro Wilkins con esa mirada nublada más de una vez en el pasado.

—¿Estás borracha?

—No. —Lulu arrugó la nariz con desdén—. Solo contenta.

—Vale, y, con dieciocho años, ninguna de las cosas está permitida. —Adam le quitó el trapo seco a Lulu de la mano con la que apenas lo estaba sujetando y terminó de limpiar el derrame—. ¿Te importa decirme que haces despierta en mitad de la noche robándome cerveza?

—No es asunto tuyo, gilipollas. —Se levantó de la banqueta, fue hasta la nevera y sacó una botella de cerveza nueva. Abriéndola con una habilidad que Adam no había ganado hasta que tenía al menos veinticinco años, dio un trago largo antes de sacarle la lengua—. Puedo hacer lo que me dé la gana. No eres responsable de mí.

Adam no sabía nada de mujeres, y menos aún de adolescentes. No había estado cerca de esas criaturas hormonales desde que él mismo era una, pero podía recordar vagamente haber dicho idioteces y burlas rebeldes sin ningún recuerdo real de por qué lo había hecho o qué le hubiera hecho parar.

Quizás ser un cabrón no era la mejor forma de manejar la situación. Le daría a Lulu más razones para ser maleducada y devolverle el sarcasmo con sarcasmo propio. Levantó las manos en un gesto de rendición.

—Tienes razón. Eres adulta, y yo ni siquiera finjo ser el tipo de educador autoritario. Se me da mejor acatar órdenes que darlas.

—Seguro que sí. Puedo ver sin problemas a la Bestia grande y mala siguiendo órdenes. —Lulu bufó, y le salió cerveza por la nariz. Los ojos se le abrieron y dejó caer la botella. Otra vez. En esta ocasión se rompió en el suelo de la cocina y lo cubrió de un líquido ámbar y cristales. Ella soltó un gritito, se sujetó la nariz con una mano y movió el brazo que tenía libre arriba y abajo—. Quema. Oh Dios mío, quema.

—Mierda. —Adam pasó por el mar de alcohol (agradeciendo que llevase zapatillas, ya que se había vestido para el gimnasio) y levantó a Lulu del suelo. Se la echó por encima del hombro y la llevó, retorciéndose y gritando, al salón, donde la dejó caer en la superficie blanda más próxima.

—Pervertido. —Se puso de pie y le dio un puñetazo en el estómago con un puño diminuto—. Espera que le diga a mi hermano lo que has hecho. Te dará una paliza.

—Tallulah, ¿qué diantres está pasando aquí? —La voz adormilada de Bo se adelantó a su cuerpo en las escaleras. Se frotó los ojos antes de ponerse las gafas y quedarse parado a dos escalones de la planta baja.

Sin duda, Adam y Lulu ofrecían una visión curiosa. Ella estaba preparada para darle otro puñetazo en el estómago, y él estaba sonriendo como si fuera la mañana de Navidad. La presencia de Bo no solo quería decir que podía quitarle el minimonstruo hormonal de las manos, sino que además todavía había una oportunidad para ese beso de buenas noches.

—Este gilipollas me ha agarrado. —Lulu apuntó un dedo acusador al pecho de Adam—. Me ha agarrado.

Adam dio un paso atrás levantando ambas manos con las palmas hacia fuera.

—Oye, estaba intentando salvarte de los cristales. Eso es todo.

Bo miró de la mirada matadora de Lulu a Adam. Exhaló con los labios fruncidos y se frotó la sien.

—¿Qué cristales?

—¿Acaso importa? —dijo Lulu antes de que Adam tuviera la oportunidad de responder. Sus palabras estaban llenas de pánico, y estaba rebotando sobre sus talones—. Me ha agarrado, Bo. Dale una paliza.

De los labios de Bo salió una risita.

—¿Has visto al hombre? Su trabajo es pelear con hombres de tres veces mi tamaño. Incluso si quisiera pegarle, que no quiero, sería yo el que recibiera la paliza.

—Vale, vale. Da igual. —Lulu cruzó los brazos y se enfurruñó de esa manera exagerada que solo los adolescentes conseguían lucir sin ironía—. Me voy a la cama.

Bo estiró un brazo para detenerla antes de que pudiera pasar por su lado.

—Creo que no. —Arqueó una ceja y apuntó al sofá—. Siéntate. No vas a ir a ningún lado hasta que sepa qué ha pasado realmente. Y no intentes ninguna de esa mierda de «me ha agarrado» otra vez. Quiero la verdad.

—Esa es la verdad. —Lulu volvió al sofá y se tiró sobre él con tanta fuerza que lo mandó rechinando sobre el suelo de madera—. ¿Por qué va todo el mundo a por mí? ¿No hay nadie que esté de mi lado?

Adam no le envidiaba a Bo ni un solo segundo de ese drama, pero su corazón se encogió de todas formas. Había algo muy real y muy doloroso en las palabras que dijo Lulu. Desvió su mirada hacia Bo, cuya atención estaba centrada en su hermana. La preocupación estaba clara en su ceño fruncido.

—Voy a ir a limpiar la cocina. —Adam se retiró en esa dirección, su estómago dando un vuelco cuando la mirada de Bo se encontró con la suya. El agradecimiento estaba claro en su asentimiento y esa pequeña y dulce sonrisa.

Adam estaba recogiendo la fregona cuando Bo entró en la cocina veinte minutos más tarde. Tenía los hombros caídos y se pasó una mano por las ondas despeinadas del pelo.

—Siento muchísimo eso. No sé cuál es su problema. No solía ser tan problemática. Es una chica genial. Lo prometo.

—La independencia le hace cosas extrañas a la gente. No te lo tomes de manera personal. Se le pasará. —Adam tiró las bayetas empapadas de cerveza en el fregadero—. ¿Habéis conseguido arreglar las cosas?

Bo resopló y se frotó la cara con ambas manos, poniéndose las gafas en el pelo.

—Ha admitido lo de la cerveza. Por lo visto, la cerebrito de mi conservadora hermana pequeña está emborrachándose de forma regular. Genial, ¿eh?

Ni Bo ni Adam tenían días universitarios para recordarlos y comparar las notas. Pero la experiencia de Lulu le parecía bastante común a Adam. ¿No era eso lo que los jóvenes hacían? ¿Ir a la universidad, abrir las alas y hacer cosas estúpidas?

—¿Le va bien en la universidad? —Adam apoyó una cadera en la encimera y se metió los puños bajo las axilas. Tenía que hacerlo. De otro modo, los alargaría hacia Bo. Quería sentir su solidez cálida más que cualquier otra cosa, pero nunca ignoraría las necesidades de Bo para conseguir las suyas.

Bo se encogió de hombros.

—Ha sido vaga sobre el tema. No tengo ni idea de lo que pasa en la cabeza de esa chica.

Cuando Bo no dijo nada más, Adam se aclaró la garganta.

—Quiero que estés seguro de que no he tocado a Lulu de forma inapropiada...

—Oh Dios, Adam. No. No. —Bo negó con la cabeza, con los ojos abriéndose bajo las gafas—. Lo sé. De verdad. Te lo prometo. Ni por un segundo he pensado que lo hubieras hecho. Está siendo un grano gigante en el culo ahora mismo. No sé qué la ha poseído para insinuar una cosa así.

—La pillé desprevenida. Eso ha sido culpa mía. Tenía que haberle dicho que iba a cogerla, pero actué más rápido de lo que podía pensar. No quería que ser cortara con los cristales—. Adam enterró los puños más aún bajo las axilas—. No se me dan exactamente bien las mujeres.

El rostro de Bo se suavizó con una sonrisa adormilada y los párpados caídos.

—Es tarde. ¿Qué hacías despierto para empezar? ¿Y además completamente vestido?

Pasándose una mano por la nuca, Adam luchó contra el calor que le subía por las mejillas.

—Ah. No podía dormir. Pensé que podía aprovechar y entrenar.

—Tú me cansas. —Bo soltó una risilla. Dio un paso tembloroso y cayó, afortunadamente, en los brazos de Adam, frotando la cara contra su pecho—. Te echo de menos. Mi cama es grande y solitaria.

—Joder. Yo también, cariño. —Adam sujetó a Bo cerca, posando un beso sobre su cabeza—. Una noche y media más, y entonces podremos pasar un día entero en la cama. Que le den al campo de entrenamiento. Dejaré que tú me entrenes en su lugar.

Bo asintió contra el pecho de Adam.

—Hecho. Pero tienes que venir con Lulu y conmigo mañana. —Miró a Adam y sonrió—. Puede que haya dejado caer que eres gay cuando ella se negaba a abandonar su historia. No tuvo más que mirarme a la cara para adivinar que estamos acostándonos. Eso tocó algún interruptor. Todo lo que podía hablar después de eso era de ti. Y de nosotros. Me ha preguntado como un centenar de cosas, y la única forma en la que he podido convencerla de que volviera a la cama ha sido prometerle que podía disculparse mañana en la cena. Quiere conocerte. Si te parece bien.

Adam sonrió, con las mejillas doloridas por la fuerza de su sonrisa. En lo que a él se refería, le parecía mejor que bien.

—¿Quiere decir eso que se me permite robar un beso ahora?

—Lo mejoraré y diré que no solo puedes robar todos los besos que quieras, Lu me ha gritado por tratarle como una niña por dormir en habitaciones separadas.

Adam pasó un brazo bajo las rodillas de Bo, le sujetó contra el pecho y se dirigió a las escaleras.

—Gracias a Dios. No estoy seguro de que hubiera podido sobrevivir dos noches en vela durante un campo de entrenamiento. Me aseguraré de darle las gracias al pequeño monstruo por la mañana.

Capítulo veinte

Bo dejó caer la cabeza contra el asiento que había tras él. Sonrió al techo, encogiéndose cuando los dos idiotas de los asientos delanteros desafinaron otra nota.

¿Qué posibilidades había de que su hermana pequeña tuviera una voz tan terrible (si no más) que la de Adam? No era ninguna sorpresa que no la hubiera oído cantar hasta ahora. Probablemente había roto algunos espejos o hecho que explotaran varias copas siendo una niña y decidió evitarlo por el bien de la situación financiera de su familia.

Porque, madre de Dios, esos dos pertenecían a una categoría especial de terrible. ¿Y juntos? Podrían dañar sus tímpanos de verdad.

—¿Podrías bajar un poco el volumen? Preferiría no tener una hemorragia cerebral a los veinticinco.

Lulu se dio la vuelta en el asiento del copiloto. Una sonrisa cómica se extendía por sus mejillas y agitaba la cabeza al ritmo de la música.

—La noche es joven, hermano mayor. Hay más de dónde ha venido esto. Considérate afortunado de estar rodeado de tanto talento y habilidad. No todos los hombres tienen una hermana y un novio que pueden cantar como los ángeles.

Adam le ofreció a Lulu un choque de manos y sonrió a Bo en el espejo retrovisor. Subió el volumen de la radio y los maullidos continuaron, imperturbables por la petición de un descanso de Bo.

Lo que, por primera vez en toda la noche, no importaba. Bo ya no estaba prestando atención a los gritos desentonados. Se había quedado con una sola palabra de la afirmación de Lulu y no podía hacer que su cerebro lo olvidara.

¿*Novio*? Adam Littrell no era su novio. Su jefe, sí. Su amigo, seguro que sí. Su amigo con unos beneficios increíbles, sin duda. ¿Pero novio? Eso no iba a pasar. ¿Había soñado Bo con algo así? Sí, cada noche, pero no estaba en su futuro. Adam no tenía relaciones románticas o a largo plazo. Se cansaría de Bo en algún momento y, cuando eso pasase, volverían a su relación de jefe y empleado o Bo tendría que darse prisa para encontrar un trabajo nuevo.

Aquello no le aterraba sobremanera porque las cosas eran realmente perfectas ahora mismo. Adam no se cansaría pronto de lo que tenían, de ningún modo. No cuando el sexo era así de bueno. E incluso cuando no habían hecho más que tumbarse juntos, totalmente vestidos, había parecido genuinamente contento de tener a Bo de vuelta en su cama la noche anterior.

Para cuando llegaron al garaje, Bo estaba de nuevo cubriéndose las orejas y agarrándose a cada pausa de las canciones sin tono que llegaban de los asientos delanteros. Ni a Lulu ni a Adam parecía importarles, ya que los dos decidieron que sería una gran idea poner *Rock Band* en la Xbox de Adam tan pronto como entraron en casa.

Incluso aunque solo uno de los dos podía controlar

el micrófono durante el juego, siguieron cantando las canciones juntos, tocando la guitarra o golpeando la batería por turnos según lo hacían. Intentaron conseguir que Bo participara, pero él aceptaba sus pocas habilidades musicales y elegía no maldecir aquellos a su alrededor con sus propios defectos. Al contrario que su amada hermana y jefe.

La noche finalmente se calmó, y se estiraron en el sofá para ver *Saturday Night Live*. Bo se quedó dormido y se despertó sobresaltado cuando el programa estaba acabándose. De algún modo había migrado del cojín central hasta estar prácticamente tumbado sobre Adam. Se dio a sí mismo un momento para disfrutar de la calidez del abrazo de Adam antes de liberarse de él.

Desde la otra esquina del sofá, Lulu sonrió en su dirección.

—Vale, niños, es hora de dormir. —Hizo una actuación exagerada de estirarse y bostezar—. Bo, ¿me arroparás? ¿Por los viejos tiempos?

Cuando le parpadeó, Bo rio.

—Lávate los dientes. Iré en un minuto.

Lulu se puso de pie y paró frente a Adam. Sujetó un puño extendido y sonrió cuando él lo golpeó con el suyo.

—Buenas noches, cabrón cascarrabias. Gracias por salir con nosotros. Eres mucho más divertido que el aburrido de mi hermano.

—Dulces sueños, minimonstruo. —Adam le devolvió la sonrisa y volvió a abrazar a Bo—. Eres bienvenida aquí en cualquier momento.

Ella se metió un dedo en la boca, hizo un sonido como de arcadas y les guiñó el ojo.

—Id a una habitación, tíos. Estáis estropeando mi inocencia.

—Inocencia, los cojones. —Adam rio y apuntó a las escaleras—. Lávate los dientes. Quiero un minuto con tu hermano. A no ser que quieras quedarte y ver cómo le meto la lengua en...

—Oh Dios mío. No te atrevas. —Lulu se cubrió las orejas y cerró los ojos con fuerza—. Ya me voy. Ya me voy. No quiero oír ningún ruido de besos hasta que esté a salvo en mi habitación con la puerta cerrada.

Corrió escaleras arriba y Adam se volvió a Bo con una sonrisa satisfecha arrugándole los ojos.

—Me gusta. Es un grano en el culo, pero, en general, es bastante maja.

Una calidez que no tenía derecho a existir envolvió el corazón de Bo. A Adam le gustaba su hermana pequeña, y a ella claramente le gustaba él. No debería importar, pero lo hacía. Lo hacía de verdad. Se movió hasta que pudo pasar los brazos alrededor de las costillas de Adam.

—¿Está bien si me uno a ti esta noche otra vez?

Adam entrecerró un ojo y arqueó la ceja contraria.

—¿Por qué es eso una pregunta?

—Porque con Lulu aquí no podemos, ya sabes, hacer nada. —Por ridículo que fuera, las mejillas de Bo se calentaron—. Quería asegurarme de que no preferirías tener tu cama...

—Nuestra cama. Y no. No preferiría en absoluto tenerla para mi solo, si eso es lo que ibas a decir. —Adam atrajo a Bo el resto del camino hasta su regazo y entrelazó los dedos en su nuca. Levantó la barbilla y atrajo sus labios para un beso suave y casto—. No necesito sexo para dormir, pero sí te necesito a ti.

Diez minutos, y muchos besos definitivamente poco castos después, Bo entró en la habitación de Lulu medio aturdido de felicidad. Ella ya estaba en la cama, apoyada contra el cabecero mientras pasaba las páginas brillantes de una revista de moda.

Frunciendo los labios, Lulu dejó la revista en su regazo e inclinó la cabeza.

—Tienes un poco de roce de barba ahí, hermano. Me alegro de haber dejado el escenario cuando lo he hecho. Por lo que parece, intentó chuparte toda la cara.

Bo puso los ojos en blanco y apoyó la cadera en el lateral de la cama de Lulu.

—Muérdeme.

—Creo que Adam ha hecho bastante de eso por los dos. —Ella bufó y después se puso seria de inmediato. Sus cejas se acercaron y sus labios se inclinaron hacia abajo—. ¿Te trata bien?

Solo Lulu podía preocuparse por él cuando tenía sus propios problemas ella. Él podía haber sido quien adoptó el papel de falso padre, pero ella le había tratado como una madre tanto como él a ella como un padre durante años.

—¿En serio, Lu? —Bo rio y le apretó la rodilla—. Soy un chico mayor. Puedo cuidar de mí mismo.

Ella frunció más el ceño.

—No me gusta esa respuesta. ¿Se está aprovechando de ti? ¿Usando su lugar de jefe para hacerte hacer cosas que no quieres? Pensaba que te estaba haciendo feliz, pero si...

—Lo está, chica. Relájate. —Bo negó con la cabeza y sonrió—. Adam es un buen tipo. No hay ningún problema relacionado con la dinámica de poder. Te lo prometo. Todo lo que hacemos es porque los dos queremos hacerlo. Fin de la historia.

Ella movió la mandíbula de lado a lado.

—¿Le quieres?

—Vale, eso sí que no es asunto tuyo. —Bo cerró los ojos y exhaló. Lulu nunca evitaba las preguntas difíciles, y tampoco era una genio cuando se trataba de no meter las narices en lugares que no le correspondían—. Adam y yo no tenemos ese tipo de relación. No es romántica. Somos amigos, divirtiéndonos un poco.

—Y yo digo que eso es una mentira. —Lulu cruzó los brazos y sonrió con picardía—. Esa pared enorme de hombre se derrite por dentro cuando te mira. Es nauseabundo, de verdad, pero porque tú te mereces tener algo de felicidad por una vez en tu vida, estoy dispuesta a tener medicinas antivómito cerca para cuando venga de visita.

Bo miró sobre su hombro para asegurarse de que Adam no estaba en el pasillo escuchando las locuras de Lulu. Cuando se dio la vuelta, su sonrisa había crecido. Él entrecerró los ojos y se pasó la lengua por detrás de los dientes.

—Te estás imaginando cosas. Es mi jefe, Lu. Las cosas son informales.

—Sí, informales, seguro. —Los ojos de Lulu desaparecieron en la parte de atrás de su cabeza—. Adam te mira como si fueras la cena de acción de gracias y la mañana de Navidad todo en uno, pero eso no es nada comparado con cómo tú le miras a él. Te conozco mejor a ti, así que a lo mejor es más fácil pillar tus gestos, pero de verdad, tú... es amor. Con una letra A mayúscula bien grande. Y los dos lo habéis pillado fuerte.

Bo no estaba enamorado de Adam. De ninguna manera podía ser tan estúpido. Le quería, como persona, como amigo y como jefe, pero nada más. ¿Por qué iba a poner su corazón en un camino con garantía de destrucción? Ya era bastante malo que arriesgara la estabilidad de su futuro financiero y el de Lulu por unos egoístas y efímeros momentos de felicidad. No podía aventurar también su cordura emocional. ¿De qué le serviría a su hermana si no tenía dinero y tenía el corazón roto?

—Duérmete, Lu. —Se agachó y le dio un beso en la frente—. Ten dulces sueños, ¿y mañana? Hablaremos. No sobre mí, y no sobre Adam, sino sobre ti. No vas a volver a Cali hasta que sepa que estás bien.

—¿Qué? ¿Me vas a secuestrar? —Arrugó el labio, pero sus ojos brillaron con amor de hermana—. No creo que el señor Jefe estuviera muy contento con esa idea.

Bo se levantó y le revolvió el pelo.

—Tu felicidad es lo primero de todo, Lu. Estoy aquí para ti, no importa lo que eso signifique. Siempre puedo encontrar otro trabajo, pero solo tengo una hermana pequeña.

—Gracias por dejarme visitarte. —Lulu tiró la revista sobre la mesilla de noche y se metió bajo las mantas—. Ha sido justo lo que me prescribió el médico.

Él se paró en la puerta, con la mano descansando sobre el pomo, y sonrió.

—Te quiero, chica. Duerme bien, y que no te cojan los monstruos.

Lulu gruñó ante su uso de la frase preferida de su padre cuando les acostaba. Era una tradición que Bo había mantenido tras su muerte. Cada noche, la arroparía, le besaría la frente y alejaría a los monstruos a los que les gustaba compartir las camas. A ella le gustaba hacer como si fuera demasiado mayor para la frase infantil, pero la sonrisa que acompañaba sus gruñidos contaba otra historia.

—Yo también te quiero, Bo. —Bostezó y cerró los ojos—. Ahora apaga la luz y vete a la cama. Apuesto a que ya hay una Bestia con el centro derretido allí, esperando impaciente para rozarte más con la barba. No tengas al pobre hombre esperando más de lo que ya has hecho. Puede que se derrumbe.

Capítulo veintiuno

—La habitación está lista. —Adam pasó el brazo por los hombros delgados de Bo y le besó la frente—. ¿Quieres que dejemos nuestras cosas con el conserje y nos las manden arriba o las llevamos nosotros y vemos donde vamos a pasar la noche?

Bo se movió contra el lado de Adam, sonriéndole con un centelleo en la mirada.

—Si vamos ahora a una habitación de hotel vacía, nunca llegaremos a la cena.

Adam se rio a carcajadas y atrajo a Bo más cerca. Selló sus labios en un beso demasiado breve, consciente de que estaban en público. Bo tenía razón. El último mes había pasado volando en una sucesión borrosa de ejercicio duro, sueño comatoso y Bo. Incluso con toda la energía extra que quemaba durante el intenso campo de ejercicio, nunca tenía problemas cuando se trataba de desnudar a su hombre.

Y eso era exactamente lo que era, incluso si Bo no

quería llamarlo así. Adam había intentando hablar del tema «novio» unas semanas antes pero Bo no le había dejado. Con amabilidad y con un sexo conciliatorio increíble después, pero no le había dejado de todas formas. Joder, hubiera sido feliz sacándole a Bo cualquier tipo de compromiso, pero se había mantenido firme.

Bo insistía en que no podían salir mientras él trabajase para Adam. Cuando Adam había cometido el error de sugerir que no necesitaba trabajar, Bo le enumeró un ciento de razones por las que sí lo necesitaba. Lo que Adam respetaba. Bo no quería arriesgar su libertad financiera ni la de Lulu con algo tan poco fiable como una relación romántica. En su lugar, intentaba mantener a Adam a distancia y asegurarse de que su relación siguiera siendo al menos algo profesional.

Por desgracia, el corazón de Adam no se sentía tan inclinado a seguir un camino tan prudente. No podía apuntar exactamente cuándo había pasado, pero, en algún momento, se había enamorado. Profundamente. ¿Cómo podía no hacerlo? Bo era todo lo que nunca había sabido que necesitaba y más. La idea de perderle le aterraba. Mucho más que la idea de perder su inminente defensa del título.

La jubilación solía ser lo único que podía asustar a la Bestia. Ahora le temblaban las piernas cuando pensaba en que su cama estuviera vacía. No porque hubiera tenido el mejor sexo de su vida con Bo (aunque lo había tenido, con diferencia), sino porque había empezado a depender de que Bo estuviera cerca por las noches. Dependía de sus sonrisas para hacer los días más brillantes, su risa para que le condujera a través de los días duros y sus cuidados cabezotas para hacerle avanzar.

¿Dónde se quedaría él si Bo se iba?

—Tierra llamando a Adam. —Bo agitó una mano delante de la cara de Adam, con las cejas arqueadas en una expresión inquisitiva—. ¿Estás bien, cariño?

Que le dieran a estar en público. Adam apretó su

boca contra la de Bo, bebiéndose cada pizca de coraje y fuerza que ofrecía sin preguntar. Ese no era el momento de preocuparse porque Bo se fuera. Por ahora, esa preocupación no existía. El hombre al que amaba podía no sentirse libre de ofrecerle amor de vuelta, pero no iba a ir a ninguna parte. De eso al menos estaba seguro.

Cuando Adam finalmente dejó ir a Bo, le dio un último beso en la punta de la nariz.

—Estoy genial. ¿Estás listo?

Bo asintió, alargando una mano para entrelazar sus dedos.

—Muéstrame el camino, oh gran señor de las sorpresas.

Adam levantó las manos entrelazadas a sus labios y besó los nudillos unidos. Bo le había pedido que planeara una noche fuera. Algo especial para celebrar que Lulu había aprobado su primer semestre en la universidad y Adam había terminado tres cuartos de su campo de entrenamiento. Y algo que había prometido dejar que Adam pagara sin rechistar.

Lo que quería decir que Adam lo había dado todo. Les había reservado la suite presidencial en el Bellagio (algo que Bo todavía tenía que descubrir, dado que no habían subido a la habitación), al igual que entradas VIP para el espectáculo O del Circo del Sol, que tenía lugar en el teatro principal del Bellagio. Incluso tenían reserva para cenar en el Michael Mina, también en el hotel. No quería malgastar un montón de tiempo andando o en taxis arriba y abajo por La Franja. Quería que la noche fuera especial, pero también quería tener tiempo de desnudar a Bo y disfrutar de todas las superficies blandas y suaves de su suite.

Para cuando terminaron con la cena y el espectáculo, Adam estaba vibrando de excitación. Hasta ahora, la noche había ido sin ningún problema. La cena había sido maravillosa y el espectáculo mágico. No era el resultado estándar después de uno de sus intentos de sorprender a Bo, pero no iba a quejarse.

Mientras caminaban hacia el ascensor para empezar el nuevo tramo de su celebración, un par de mujeres borrachas se cruzaron en su camino. Adam agarró a Bo para que no se tropezara, pero las mujeres se metieron en su espacio y les forzaron a separarse.

—Joder, Brittany, ¡te dije que era él! —Una mujer con el pelo de color cobre gritó y aplaudió antes de agarrarse al antebrazo de Adam. Sus uñas pintadas de color lavanda se le clavaron en la piel—. Soy una gran fan, señor Littrell. Como, posiblemente su mayor fan. ¿Las chicas y yo? Tenemos entradas para la gran pelea en unas semanas. Estamos, como, tan emocionadas para ver cómo le das una paliza a ese tío.

La mirada de Adam se encontró con la de Bo. Parecía aturdido pero divertido. Inclinó el mentón en señal de ánimo, y Adam asintió para demostrar que le había entendido. La Bestia no tenía lugar fuera del octágono. Si quería interactuar con sus admiradores, podía hacerlo.

—Eso es genial. Espero que sea un buen espectáculo.

Una mujer morena con largos rizos en espiral botó en el sitio al lado de la pelirroja que seguía agarrada al brazo de Adam.

—Tenemos una de las suites con dos habitaciones para esta noche. Está llena de bebida y a Shaina y a mí nos encanta compartir. Como, todo. —La mujer, que Adam asumió que era Brittany, movió las cejas arriba y abajo. Le acarició el bíceps con un nudillo—. ¿Por qué no te unes a nosotras? Podríamos divertirnos tanto.

Ser amable con una seguidora era una cosa, pero tolerar proposiciones sexuales mientras el hombre al que amaba estaba de pie a unos metros era una cosa completamente diferente. En lugar de volver a ponerse en la piel del cabrón cascarrabias que estaba acostumbrado a enseñarle al mundo para librarse de su oferta, Adam alargó la mano al lado de Shaina, agarró la muñeca de Bo y le atrajo a su lado.

—Lo siento, chicas, pero ya estoy cogido. —Dicho eso, puso una mano en la espalda de Bo y le inclinó en un beso exagerado.

Las dos mujeres gritaron y se rieron. Shaina se golpeó las mejillas con las palmas de las manos.

—Oh Dios mío, eso es lo más romántico que he visto nunca.

Brittany suspiró y se agarró al brazo de su amiga.

—Sí, si no hubiera estado colada por ti ya, no habría ninguna posibilidad después de eso. ¿Por qué todos los buenos son gais o están cogidos?

—O las dos cosas, por lo visto. —Shaina sonrió.

Adam pasó el brazo por encima de Bo y le devolvió la sonrisa a la mujer.

—¿Por qué no me dais vuestros nombres? Si podéis llegar un poco pronto, me aseguraré de que haya pases de backstage esperando para vosotras después del pesaje.

Les costó unos minutos coordinarse, porque nadie tenía un bolígrafo a mano, pero Bo finalmente sugirió que escribieran los nombres en su teléfono. Se hicieron un par de fotos y Adam prometió firmarles algo en el pesaje. Después siguieron su camino para encontrar alguna otra alma desgraciada a la que atraer a su habitación. Con un poco de suerte, el próximo hombre que intentasen atrapar sería como mínimo heterosexual y, además, no estaría enamorado hasta las trancas.

Bo se agarró a Adam mientras el ascensor les llevaba a la planta treinta y tres de la Spa Tower.

—Oh Dios mío. Dime que no has gastado un montón de dinero en una habitación de hotel supercara. —Los ojos casi se le salieron de las órbitas mientras el ascensor seguía subiendo—. No vamos al ático, ¿no?

—No pensarías que iba a perder el tiempo con una habitación barata cuando tenía carta blanca para hacer lo que quisiera sin queja alguna, ¿no? Venga. Me conoces mejor que eso. —Adam apretó los hombros de Bo mientras el ascensor paraba en el piso más alto. El recibidor que les dio la bienvenida era contemporáneo y con estilo, pero al mismo tiempo cálido y masculino. Molduras de madera oscura junto con acentos cromados y cuero de color crema suave.

Guio a Bo pasillo abajo, pasó la tarjeta que hacía las veces de llave de la habitación y empujó la puerta con la cadera para abrirla. Hizo un gesto para que Bo entrara primero y sonrió cuando su falta de aliento se transformó en un grito de sorpresa.

—Sigue, cariño. Esta es la entrada. Hay mucho más de donde vino esto.

—Pero... —Bo dio un paso adelante, moviendo la cabeza adelante y atrás mientras estudiaba los casi seis metros de agua que caía en forma de pared a ambos lados del recibidor. Se vertían en una pequeña piscina que separaba el recibidor del resto de la suite. Podía cruzarse únicamente usando un camino suspendido sobre el recipiente calmado—. Hay un puente. Adam, hay un maldito puente. Sobre agua. En nuestra habitación de hotel. Nuestra habitación.

Riendo, Adam le dio a Bo un pequeño empujón.

—Hazlo a lo grande o no hagas. Dijiste que era una celebración. Y esto parece un buen lugar para celebrar, ¿no?

—Ah, como mínimo. —Bo tragó saliva—. Supongo que entonces es bueno que tengamos algo grande que celebrar, ¿eh?

Adam dejó que la puerta se cerrase tras ellos y puso una mano en la espalda de Bo para que siguiera moviéndose.

—Estoy muy orgulloso de Lulu. Sé que este semestre ha sido duro para ella. ¿Todavía está planeando otra visita durante las vacaciones?

—Oh, sí, quiero decir, sí. Ha sido duro. Y sí lo está planeando. Pero eso no es lo que estamos celebrando realmente. —Bo silbó cuando vio la zona de estar principal de la suite—. La verdad es que esto irá bastante bien para las, eh, celebraciones, que tenemos por delante.

—Oh, tengo bastantes celebraciones planeadas. —Adam rodeó la cintura de Bo desde detrás y descansó la mejilla sobre su cabeza—. ¿Pero que estamos celebrando si no son los resultados de Lulu?

Bo se giró en los brazos de Adam hasta que pudo rodearle a él con los suyos.

—Algo por lo que creo que estarás tan emocionado como yo. —Sonrió con picardía y rebuscó en el bolsillo trasero de los vaqueros, sacando unas hojas de papel dobladas—. Tenemos nuestros resultados.

—Oh, joder. —A Adam le dio un vuelco el estómago. Le quitó a Bo los papeles de las manos pero no los leyó. En su lugar, leyó el rostro de Bo. Le dio la respuesta que había estado esperando desde que habían ido a la clínica juntos a principios de esa semana—. ¿Los dos somos negativo?

—Sí. —Bo le sonrió con una sonrisa exagerada que mostraba todos los dientes—. Dejé los condones en casa y aproveché todo el espacio extra para meter la botella grande de lubricante.

Adam gruñó. No era la idea de hacerlo sin nada por primera vez lo que hacía que se le debilitaran las rodillas, sino el hecho de que estaría dentro de Bo. Dentro de él de verdad. Piel con piel. Serían uno, aunque solo fuera por ese breve período de tiempo. ¿Cómo podía Bo no sentir su amor cuando estaban tan cerca? Podría elegir ignorarlo, pero lo sentiría. En el fondo, no sería capaz de negarlo.

Y, ¿una vez que Bo se hubiera abierto a la verdad? Se daría cuenta de que sentía lo mismo. Tenía que hacerlo. Eran demasiado perfectos juntos para tener algo que no fuera para siempre. Adam solo tenía que sentarse y esperar. Algún día, Bo sería tan suyo como él era ya de Bo.

Capítulo veintidós

Todo era perfecto. Más que perfecto, de hecho. Los sorpresas de Adam siempre le salían por la culata de algún modo, pero no esa noche. Esa noche todas las piezas habían encajado en su lugar.

Incluso esas mujeres (una interrupción que Bo había temido llevara a algo negativo), añadieron algo a la perfección de la noche. Porque, incluso sin pretenderlo, Adam había convertido ese encuentro en algo mágico y apaciguado los miedos de Bo con un simple beso y tres pequeñas palabras.

Ya estoy cogido.

Después de esa noche, esas tres palabras tendrían más mérito. Seis semanas acostándose con su jefe y queriendo más (mucho, mucho más) eran demasiadas semanas. Si añadía los dos meses anteriores que había pasado deseándole y el hecho de que Adam no escondía sus propios deseos de llevar su relación a un nivel más profundo, ya era hora de hacer un cambio.

El problema era que, para intentar tener ese más que ambos deseaban, él tenía que encontrar otro trabajo. Y considerando que Bo vivía con Adam como beneficio de su posición actual, significaba que también tenía que encontrar otro sitio en el que vivir.

Pero a Bo no le importaba. Mientras pudiera encontrar un trabajo que pagase lo bastante para sostenerles a él y a Lulu (algo que tenía fe en que podría conseguir ahora que tenía su graduado escolar), haría lo que hiciera falta para encontrar la libertad para poder estar con Adam.

¿Y qué mejor forma de pedirle a un hombre que tuviera una relación seria con él que el sexo sin condón en una suite de hotel lujosa después de una noche maravillosa en la ciudad?

Bo gimió cuando las manos itinerantes de Adam se metieron bajo su camiseta. El contraste afilado entre los callos y la calidez suave de las palmas y yemas de los dedos moviéndose sobre la espalda de Bo hizo que un escalofrío recorriera su piel. Se agarró a los hombros de Adam para mantenerse en pie.

—Sé que hay como unos cien lugares en los que podríamos hacerlo en este sitio enorme, pero te quiero en una cama.

—Tus deseos son órdenes. —Las manos de Adam desaparecieron de debajo de la camiseta de Bo, solo para reaparecer un momento después en la parte de atrás de sus muslos. Cogió a Bo en brazos de modo que sus piernas envolvieran ese torso deliciosamente musculado y después pasó al lado del equipaje que el botones había subido y dejado en la salta de estar—. ¿Dónde está esa tan enorme botella de lubricante?

Riendo, Bo apuntó a la bolsa más pequeña.

—En el bolsillo de delante. No quería tener que andar buscándola.

Adam posó un beso resonante en los labios sonrientes de Bo.

—Eres un dios. —Mantuvo a Bo sobre un solo brazo y pasó la mano libre alrededor del asa de la maleta—. ¿Alguna preferencia en cuanto a la cama? Creo que hay como cuatro. De varios tamaños.

Bo resopló.

—No me importa. Solo quiero que te extiendas sobre una y seas mío. Todo mío.

El brazo que rodeaba la espalda de Bo apretó más.

—Soy tuyo. Siempre. Del modo en que me quieras.

—Entonces elige una cama y desnúdate. Necesito tocarte. Por todas partes.

Adam obedeció sin preguntar. Llevó a Bo y la maleta al dormitorio más cercano, los dejó a ambos sobre la cama y se quitó la ropa. Cuando Bo salió de la cama para quitarse su propia ropa, Adam ocupó su lugar y se tumbó de espaldas.

—Pon los brazos detrás de la cabeza—. Bo se quitó los pantalones y los echó a un lado, echando después la camisa encima—. No quiero que interfieras. Me toca a mí hacer una pequeña sesión de adoración. Hace tiempo que me tocaba, la verdad. Creo que no has estado a mi merced en demasiado tiempo.

Adam hizo lo que Bo le pedía, alargando los brazos hacia atrás para descansar la cabeza sobre ellos. Movió las caderas de modo que cada músculo hermosamente esculpido de su cuerpo se flexionara y se moviera bajo su piel.

—Adelante, cariño. Haz lo peor que puedas.

Para evitar muchos retrasos cuando llegase la hora, Bo sacó el lubricante de la maleta y lo tiró sobre la cama al lado de Adam. Se hizo un hueco en el espacio entre las piernas abiertas de Adam, pasando las puntas de los dedos con suavidad sobre los pies de Adam hasta llegar a su entrepierna. La respiración de Adam se volvía más elaborada cuando más subía la caricia de Bo, y sus labios dejaron escapar una palabrota cuando Bo trazó la parte baja de su polla.

Esa polla grande y hermosa que estaría profundamente enterrada dentro de Bo en un futuro cercano con nada entre ellos excepto la ayuda resbaladiza del lubricante.

Bo apretó la mandíbula. Tenía que concentrarse. Tenía que hacer que aquello fuera especial para Adam. Porque, después, iba a pedir algo que podía ser difícil de aceptar para él. Necesitaba que Adam le creyera. Necesitaba que viera más allá de los obstáculos que un nuevo trabajo pudieran significar para su relación. Necesitaba que aceptara su necesidad de encontrar un lugar en el que vivir, de cuidar de él y de Lulu, y de hacerlo de algún modo que no les dejara abiertos al desastre si pasara algo entre él y Adam.

Necesitaba que Adam entendiera que dándole el espacio para dar un paso atrás y encontrar el equilibrio, solo estaría acercándole más.

Mientras Bo seguía pasando las manos sobre el cuerpo de Adam, se deleitó en los movimientos de tendones y músculos que seguían su camino. Adam había sido hermoso desde el principio, pero los entrenamientos añadidos y la intensidad aumentada habían hecho cosas indescriptiblemente exquisitas con su cuerpo. Cada músculo estaba cortado con precisión, destacando al completo en la luz tenue del dormitorio. Parecía un boceto de un libro de anatomía. Algo que un artista había soñado para representar el ideal de la perfección humana.

Cuando Bo pasó los pulgares por los pezones de Adam, este gruñó y levantó las caderas. Sus ojos se iluminaron con el calor del deseo, volviéndose de un gris oscuro y tormentoso.

—Estoy intentando con todas mis fuerzas ser bueno aquí, pero me gustaría recordarte algo. No me he corrido desde ayer por la noche. En un buen día, estaría listo para explotar. Después has venido con tu pequeña sorpresa y... —Gimió—. Voy a morir. Esto podría ser mi final.

—Oh no, ni se te ocurra. Morir no está permitido. —Bo sonrió y le pellizcó los pezones con suavidad entre los pulgares e índices. Como había esperado (y deseado), Adam dejó escapar una ronda de maldiciones antes de pasar un brazo alrededor de la cintura de Bo y darles la vuelta de modo que ahora Bo estaba debajo suyo.

—Dime que pare y lo haré. —Adam estaba jadeando contra el cuello de Bo, y su voz sonaba ronca y profunda—. Pero, si no lo haces, voy a hacerte mío. Mío de verdad. Mío hasta el fondo. Sin barreras, solo nosotros.

Como si cupiera alguna posibilidad de que Bo fuera a decir algo que no fuera:

—Sí, por favor. Hazlo. Ahora.

Una vez más, Adam obedeció sin dudarlo. Se cubrió de lubricante, preparó a Bo lo mínimo que le había costado a Bo semanas convencerle que era bastante, y se introdujo en él. Los dos gritaron mientras Adam se metía hasta el fondo, atrayendo a Bo a sus brazos y enterrando la cara en su cuello.

—Dios mío. —Adam mordisqueó la garganta de Bo—. Me siento como si estuviera en el puto cielo. Tan suave y dulce y cálido. Voy a tener que quedarme aquí un minuto, porque ¿sabes que va a pasar si me muevo ahora mismo? Que se acabó.

—No pasa nada. —Bo murmuró con apreciación mientras Adam le masajeaba la nuca al unísono con los mordiscos, lametones y besos que depositaba como la lluvia sobre su piel—. Por lo que a mí respecta, puedes quedarte así para siempre.

Adam sacudió la cabeza y movió las caderas en un círculo lento y lánguido. Su polla se introdujo aún más profundamente, y la superficie dura de sus abdominales rozaba la propia polla de Bo. La chispa dual de placer hizo que Bo se derritiera y se tensara al mismo tiempo. Tan pronto como Adam empezara a moverse con ganas, se habría acabado. Más que probablemente para ambos.

Como si compartiera sus pensamientos, Adam les dio la vuelta de nuevo de modo que Bo estuviera encima, a horcajadas sobre sus caderas. Incluso ese movimiento mínimo fue suficiente para que los dos gimieran.

—No se puede confiar en mí para que me controle. Tienes que llevar las riendas o se acabará demasiado rápido.

Bo apretó el culo y se rio cuando Adam contraatacó apretando los dedos en las caderas de Bo e introduciéndose más adentro. Unió sus bocas en un beso delicioso, lleno de lenguas batalladoras y el sabor del deseo mutuo como vino de miel pasando entre sus labios.

—Yo... No puedo. Te necesito. Tengo que moverme. —Bo gritó y movió las caderas, haciendo que Adam respondiera con un movimiento propio. Cayeron en el ritmo dulce y querido de los amantes que se conocían tan bien el uno al otro que las palabras ya no eran necesarias.

El placer se acumuló en la base de la columna de Bo, extendiéndose como lava para tensarle los músculos y hacer que sus movimientos se volvieran desesperados y erráticos. Se agarró a los bíceps de Adam, encontrando el agarre en el último segundo cuando el orgasmo le travesó. Gritó con la espalda arqueándose mientras el corazón le martilleaba en los oídos y su semen se acumulaba entre ellos.

En algún punto en medio de sus movimientos de clímax, Adam se unió a él. Su cuerpo se tensó y sus gritos se mezclaron con los de Bo mientras compartían ese momento final de placer y saciedad.

Mientras sus respiraciones se tranquilizaban y sus pulsos se volvían normales, Bo se quedó quieto sobre el pecho de Adam. Sus extremidades se negaban a moverse pese a la incomodidad pegajosa que le quería hacer ir a buscar toallas para limpiarles. La mano de Adam se movió sobre su espalda con caricias lentas y reconfortantes, lo que hizo que Bo cerrara los ojos con un murmullo.

Ese era el momento. Ahora era cuando tenía que decirle a Adam que quería más. Que finalmente estaba listo para dar el siguiente paso. Que necesitaba encontrar otro trabajo e irse de su casa para que pudieran estar juntos de verdad.

Pero, antes de que pudiera hacerlo, el tono de llamada de Lulu invadió el aire. Bo se quedó congelado. Ella sabía lo que había planeado para esa noche. Sabía que iba a estar con Adam, pidiéndole un compromiso, suplicándole que le entendiera. De ningún modo iba a llamar e interrumpir a no ser que algo fuera mal de verdad.

Se levantó del pecho de Adam, la prueba de su clímax húmeda y fría sobre su estómago. Se liberó y cogió los pantalones del suelo. Después sacó el teléfono del bolsillo y deslizó el botón de respuesta a un lado antes de ponerse el móvil en la oreja.

—¿Lulu?

—Ah, hola. ¿Hablo con Beauregard Wilkins?

La sangre de Bo se volvió hielo en sus venas y su corazón luchó para palpitar ese desastre granizado.

—Sí, soy yo. ¿Quién eres tú? ¿Por qué me llamas del teléfono de mi hermana?

Adam apareció a la espalda de Bo. Le puso una manta sobre los hombros y después rodeó a Bo, sujetándole cerca y ofreciéndole un consuelo y apoyo silencioso.

—Me llamo Mandy. Soy enfermera en las urgencias de Alta Bate. Su hermana ha ingresado recientemente después de un accidente de coche. ¿Vive usted cerca?

—Oh, Dios. —Bo se rompió bajo el peso de las palabras de la mujer, pero no se derrumbó. Adam le sujetó—. No, pero puedo estar en unas diez o a lo mejor doce horas.

Mandy se quedó callada un momento, después se aclaró la garganta.

—Eso estaría bien, señor Wilkins. Dígale a la recepcionista de la mesa principal de urgencias a quién viene a ver cuando llegue.

—Yo... —La voz de Bo se rompió y las lágrimas le cayeron por las mejillas—. Lo haré. Gracias.

Sus dedos se relajaron y el teléfono cayó al suelo. Adam le giró en sus brazos y después le abrazó. Lo retomó donde lo había dejado con las caricias amables a la espalda de Bo.

—Nos reservaré un vuelo. Será más rápido que ir en coche.

El pánico se asentó, y Bo negó con la cabeza. Se apartó de los brazos de Adam, tropezándose con la manta cuando se le cayó de los hombros.

—No. Tienes tu campo de entrenamiento. No te lo puedes perder.

—Bo. —Un músculo saltó en la mandíbula de Adam—. Me importa una mierda mi campo de entrenamiento. Algo va mal. Voy contigo.

Bo sacudió la cabeza con más fuerza.

—No vas a abandonar tu carrera para seguir a tu secretario a California. Estaré bien.

Adam dio un paso atrás, pero Bo no estaba mirándole. Recogió su ropa a toda prisa y la llevó al baño. Todo en lo que podía pensar era en alquilar un coche e ir a ver a Lulu. Nada más importaba.

Cuando salió del baño unos minutos más tarde, Adam se había puesto los calzoncillos y sujetaba unos papeles con el nombre del hotel impreso sobre la parte superior. Se los pasó a Bo.

—Esa es la información de tu vuelo. Puedes imprimir la tarjeta de embarque en el aeropuerto.

Bo asintió, recorriendo la habitación con la mirada, sin tener la más mínima idea de qué estaba buscando.

—¿Puedo llevarte? ¿Al aeropuerto?

—Yo... —Bo miró las palabras escritas con rapidez sobre la libreta. Se mezclaron y se hicieron un lío en su cerebro. Desvió la mirada húmeda a Adam y apretó el papel en el puño—. Te lo agradecería.

Capítulo veintitrés

—¿Qué se te ha metido en el culo y se ha muerto ahí, hombre? —Kyle le dio a Adam un golpe en la espalda—. Los chicos dicen que estás siendo más gilipollas de lo normal. Lo que ya es decir, considerando que últimamente te has estado convirtiendo poco a poco en una nenaza. ¿Qué ha provocado este cambio repentino? ¿Problemas en el paraíso?

Adam le lanzó una mirada fulminante por encima del hombro antes de volver a centrar su atención en la pera de boxeo. Golpeó los puños sobre el cuero y la arena con una fuerza castigadora.

—Piérdete.

Kyle rio y apoyó una cadera contra el marco metálico de la plataforma de la pera. Observó cómo Adam maltrataba el equipo durante unos minutos más antes de golpearle en el hombro.

—Habla conmigo, Adam. Vas a acabar haciéndote

daño si no te calmas y te das, y al material, un descanso. Esa pobre bolsa va a necesitar que la cosan de nuevo cuando hayas acabado con ella.

Adam se bajó de la plataforma con un gruñido. El sudor le cubría todo el cuerpo y los músculos (todos ellos, no solo los que había abusado recientemente en la pera) gritaron suplicando un descanso. Pero no le importaba. ¿Qué otra puta cosa se suponía que podía hacer? No podía irse a casa. Joder, ni siquiera podía dejar de moverse. Si hacía cualquiera de las dos cosas, Bo atormentaba su mente.

Adam no había tenido noticias suyas durante casi veinticuatro horas después de que le hubiera llevado al aeropuerto. Le había dejado al menos una docena de mensajes desesperados antes de que Bo por fin le devolviera una llamada. Le había pedido perdón y había dicho que no tenía un cargador, pero que había pedido prestado uno a una enfermera para poder llamarle y cargar el móvil.

Después, en una voz ahuecada y sin vida, le había contado a Adam la situación de Lulu. Había estado involucrada en un accidente de coche provocado por el alcohol. Afortunadamente, no conducía ella, así que no se enfrentaba a repercusiones legales, pero sus heridas eran serias. La habían dejado intubada en la unidad de cuidados intensivos después de una cirugía de seis horas para corregir un sangrado interno. Tenía otra cirugía planeada cuando se estabilizara más para reparar un fémur fracturado.

Eso había sido hacía dos días. Adam no había tenido la más mínima noticia de Bo desde entonces. Había llamado y le había dejado un mensaje más, esa vez asegurándole a Bo que no tenía que preocuparse por el dinero. Le dijo que se considerara a sí mismo de vacaciones indefinidas hasta que Lulu estuviera curada y prometió enviarle el sueldo de tres meses por adelantado para asegurarse de que tenía fondos mientras estaba en California.

Si hubiera sido decisión suya, le hubiera mandado a Bo cada céntimo de su cuenta y hubiera cogido el próximo vuelo disponible para estar allí apoyándole en persona. Pero, de momento, todo lo que podía hacer era seguir las reglas del juego. Bo no quería que le prestara esa clase de ayuda, incluso si él quería dársela más de lo que quería el aire que respiraba.

Adam cogió su toalla de uno de los brazos metálicos de la estructura en la que se encontraba la pera de boxeo. Se secó la cara y la nuca antes de echársela sobre el hombro y darse la vuelta para mirar a Kyle con el ceño fruncido.

—Métete en tus asuntos, viejo.

Kyle frunció el ceño.

—Lo siento, Adam. Me siento responsable. Fui yo quien puso a Bo en tu camino. Quizás no debería haber hecho nada. Solo quería que fueras feliz.

Suspirando, Adam se pellizcó la nariz.

—Era feliz. Soy feliz. Todo irá bien. Bo está lidiando con algo ahora mismo, y yo me siento inútil. Una vez pase, volveremos a como estábamos. Tengo que superar esta época de mierda. Después todo irá bien de nuevo.

Kyle asintió, pero su expresión siguió siendo ceñuda. Le apretó el codo a Adam.

—Me meto contigo, pero es por amor. ¿Lo sabes? Estoy aquí si me necesitas. Hasta puedo ponerme sentimental si es lo que te hace falta. Podemos tomarnos unas cervezas y discutir todos tus problemas, quizás incluso llorar como unas nenas—. Sonrió—. Mira, soy un poeta y ni siquiera lo sabía.

—Oh, por el amor de Dios. —Adam no pudo detener la sonrisa que tiraba de sus labios—. Menudo personaje eres. Si... —Dejó de hablar de golpe y se dio la vuelta sobre los talones. Al otro lado de la sala, la canción alegre de una banda adolescente que le había asignado a Bo como tono de llamada estaba sonando desde su móvil. Había dejado el teléfono con el volumen a tope desde que Bo se había ido, algo que hacía pocas veces. Pero no iba a perderse esa llamada.

Adam corrió por el gimnasio, evitando a su rival del día anterior, que estaba trabajando sus movimientos de *ju-jutsu* con su entrenador en una esterilla entre Adam y las taquillas. Se detuvo en frente de los cubículos abiertos en los que la mayoría de los chicos dejaban sus cosas y agarró su bolsa.

Para cuando sacó el teléfono, en la pantalla aparecía una llamada perdida. Maldijo y llamó a Bo, rezándole a un Dios en el que no creía para que le contestara.

—Ey.

Adam tragó saliva. La voz de Bo sonaba tan pequeña y distante. Sonaba derrotado. Roto. Agotado.

—Ey, cariño. ¿Cómo estás? ¿Cómo está Lulu?

—Está bien. Con mucho dolor, pero mayormente fuera de peligro. La mantienen bastante drogada.

Bo sorbió por la nariz, y Adam se lo imaginó encogido en una esquina de una habitación fría de hospital, abrazándose a sí mismo. Adam se rodeó su propia cintura con un brazo, deseando poder sujetar a Bo. Deseando poder quitarle un poco de dolor.

—¿Hay algo que yo pueda hacer?

Casi añadió un «¿Quieres que vaya allí?», pero fue sensato. Si Bo le quería allí, se lo pediría. Si no, estaría presionando un tema en el que Bo ya había dejado claro que no tenía interés.

—La verdad es que... —Bo suspiró. Su voz se volvió incluso más pequeña, si es que tal cosa era posible—. Llamaba para ver si podrías enviarme mis cosas.

Adam se hundió en el banco de madera de la zona de taquillas. Se quedó de espaldas al gimnasio.

—Dime qué necesitas y te lo mandaré esta noche. También puedo mandarte más dinero si necesitas comprar cualquier cosa mientras esperas.

Un silencio largo y doloroso se dilató antes de que Bo se aclarara finalmente la garganta.

—Te lo agradezco. De verdad, Adam, gracias. Pero

no es necesario. Elige la opción más barata y te devolveré el dinero, ¿vale?

Cerrando los ojos, Adam asintió incluso aunque sabía que Bo no podía verle. No le presionaría. No aquí, no ahora, no sobre algo de lo que podrían hablar más tarde. Cuando Lulu estuviera mejor. Cuando estuvieran juntos de nuevo.

—Vale, claro. ¿Qué necesitas? Lo mandaré esta tarde.

De nuevo, ese silencio agonizante que enfriaba a Adam hasta los huesos se introdujo en el espacio que había entre ellos. Bo dejó salir una respiración lenta y temblorosa.

—Lo necesito todo. Yo... Dimito. No voy a volver.

—No vas a... —A Adam se le cerró la garganta. Se puso de pie, con las rodillas débiles mientras caminaba a trompicones hacia los baños. Tenía que salir de allí. No podía derrumbarse en público. Sobre todo no del modo épico en el que estaba a punto de hacerlo—. No tienes que dimitir. Te lo dije en mi último mensaje, te dije que podías tomarte unos días de vacaciones. Tantos como necesites. Tanto como le cueste a Lulu recuperarse.

—Lo siento, Adam. —Las palabras de Bo sonaban rotas y forzadas—. Pero tengo que quedarme aquí. Tengo que centrarme en Lulu. Y no solo mientras se cura, pero también después. Está teniendo problemas. Con la vida, con la universidad, con todo. Me necesita. Yo... Yo voy a quedarme aquí. Definitivamente.

Adam descansó la frente en la puerta cerrada del baño. Apretó una mano sobre el dolor de su pecho. Las lágrimas se le acumularon en los ojos, pero parpadeó y no las dejó caer. No podía dejar que Bo supiera lo mucho que aquello le dolía. No se merecía la culpa que eso le causaría. Estaba haciendo lo correcto por él y por Lulu, y eso era todo lo que importaba. Bo no le debía nada a Adam. No dejaría que su propio dolor hiciera que Bo pensara lo contrario. Sería fuerte por los dos.

—Lo entiendo. Si me mandas un mensaje con la dirección, lo mandaré todo hoy.

—Vale. —La voz de Bo era poco más que un suspiro—. Gracias, Adam. Te mandaré un cheque para cubrir los gastos del envío y el dinero que me adelantaste. Solo necesito unas semanas para encontrar un trabajo. ¿Eso te parece bien?

Apretando la mano en un puño, Adam la posó sobre la puerta del baño donde deseaba poder hacer un agujero con un puñetazo sobre la débil madera. En su lugar se forzó a tener un tono de voz equilibrado.

—Por lo que a mí respecta, estás de baja por enfermedad de un familiar, lo cual es una ley de trabajo federal. Aprovéchate de ello por un tiempo, ¿vale? No busques un trabajo de inmediato. Lulu te necesita.

Bo resopló.

—Esa ley solo se aplica a negocios con cincuenta o más empleados.

Terco como una maldita mula.

Una risa subió por la garganta de Adam antes de romperse en llanto. Intentó cubrirla con otra risa sin alegría, rezando para que Bo no se hubiera percatado de su momento de debilidad.

—No me seas un grano en el culo, Bo. Como mínimo, hazlo por Lulu. Trágate el orgullo terco y déjame ayudar. Solo esta vez. ¿Vale?

Adam se preparó para otra ristra de palabras afiladas y dolorosas que le harían romperse.

En lugar de eso, Bo suspiró y dijo:

—Vale.

A Kyle le costó cinco minutos tirar la puerta abajo después de que Bo colgara. Se encontró a Adam en el suelo en medio de un charco de su propio sudor y lágrimas. Exactamente lo contrario de la imagen de bestialidad que quería que Adam representara.

En lugar de conspirar para vaciar el gimnasio para

que Adam pudiera escapar sin que le vieran o idear cualquier otro plan exagerado para esconder su debilidad, Kyle se agachó junto a él en el suelo.

—Creo que ya has hecho el trabajo de todo el día. ¿Qué te parece si nos subimos a mi Jeep y vamos a tu casa? Hay algunas cervezas en tu frigorífico con nuestros nombres.

—Puede que quieras darme un minuto. —Adam se limpió la mejilla con el dorso de la mano—. No puedo salir con este aspecto. La Bestia no llora, después de todo.

Kyle resopló y le dio una palmada en el hombro.

—Que les den. La Bestia puede hacer lo que quiera. Después de romper el récord de mantenimiento de título más largo de la UFC, no importa lo que hagas. Tus rivales se lo hacen encima solo de pensar en subir a ese octágono contigo. Da igual si muestras emociones humanas o no, ellos van a manchar los calzoncillos de marrón de todas formas.

Adam bufó y dejó que Kyle le ayudara a ponerse de pie y le diera un abrazo. Solo dudó un momento antes de devolvérselo y esconder la cabeza en el cuello de Kyle. Una nueva oleada de lágrimas le amenazó, pero se las tragó.

—Bo va a mudarse a California. Ni siquiera va a volver a por sus cosas. Me ha pedido que se las envíe.

—Oh, Adam. —Kyle puso una mano fuerte en la nuca de Adam, frotando círculos tranquilizadores sobre los hombros de Adam con la otra—. Joder, lo siento mucho.

Adam se encogió de hombros pero no se movió del abrazo reconfortante y paternal de Kyle. Su padre nunca se hubiera dignado a mostrar ese apoyo físico o emocional, sobre todo no en público, pero Kyle nunca se había avergonzado de hacerlo. Era el padre que Adam siempre había deseado. El padre que el suyo nunca había sido.

Y eso era lo que Bo era para Lulu. Adam no podía olvidar de eso. Quizás no era el padre que Lulu siempre había querido, pero era la única figura paterna que le quedaba. Era su roca, el lugar blando en el que podía caer cuando las cosas eran una mierda. Tenía sentido que estuviera cerca si ella tenía problemas con la vida. Adam no podía culpar a Bo por la pureza de su amor por su hermana y tampoco podía considerar siquiera pedirle que cambiara de idea.

Lo hecho, hecho estaba. Bo ya no estaba en su vida, y él necesitaba encontrar una forma de aceptarlo. Y cuando antes, mejor.

Capítulo veinticuatro

—No entiendo por qué no puedo ir a casa contigo. —Lulu cruzó los brazos y frunció el ceño, pero el dolor que había tras su mal humor brilló como un rayo enfadado en los brillantes ojos azules.

Bo suspiró y se frotó la sien. El color amarillo de la habitación de Lulu estaba empeorando su dolor de cabeza.

—Ahora mismo no hay una casa a la que ir, Lu. No puedo conseguir un apartamento hasta que tenga un trabajo, y no puedo conseguir un trabajo hasta que sepa que están cuidando de ti. Es un mal necesario pero temporal.

—Pero tienes un trabajo. —El ceño fruncido de Lulu se agravó. Añadió un puchero con el labio inferior y exhaló una respiración breve e irritada—. Adam dijo que podías tener una baja familiar hasta que esté curada. Bueno, adivina qué, no estoy curada todavía.

Cuando Lulu apuntó a su pierna escayolada, el estómago de Bo dio un vuelco. Aún le quedaba mucho para estar curada, esa era la verdad. Incluso si conseguía un apartamento, él no podía cuidar de ella. No sin usar una cantidad desmesurada de dinero que no tenía para comprar un equipo médico especializado en rehabilitación. Y la única forma en que podía conseguir esa cantidad desmesurada de dinero (o cualquier cantidad, de hecho), era si encontraba un trabajo. Lo que también significaría encontrar a alguien que cuidara de Lulu durante el día y las tardes, requiriendo más dinero que no tenía.

La oferta de Adam de mantenerle contratado mientras Lulu se curaba era una suerte, pero también era inapropiada. No quería aprovecharse de su buena naturaleza. No había ninguna ley que dijera que Adam tenía que seguir pagando a Bo, y, al hacerlo, forzaba una conexión que él preferiría ver cortada. Una conexión dolorosa e imposible que le daría esperanzas a Adam si Bo dejaba que continuara.

Porque, sin importar lo mucho que quisiera que las cosas fueran diferentes, el accidente de Lulu lo había cambiado todo. Ella le necesitaba allí. Después de despertarse y darse cuenta de lo que había pasado, había roto a llorar y le había suplicado a Bo que la llevara a casa. Estaba confusa, se sentía miserable y no quería seguir estando sola. Daba demasiado miedo y le había llevado a hacer cosas de las que se arrepentía y que tenía miedo de volver a repetir.

Aclarándose la garganta, Bo volvió a poner su atención donde correspondía. En su hermana, no en el hombre que se negaba a abandonar su mente o su corazón. Durante las últimas dos semanas, pese a estar a miles de kilómetros y no hablar por teléfono ni una sola vez, Bo había fracasado a la hora de olvidarse de Adam. También se había dado cuenta de algo de una forma brutal y dolorosa.

Estaba enamorado de Adam. A buenas horas, ¿no? Incluso cuando habían estado juntos, no le había dado a Adam lo que se merecía. Se había contenido, con la concentración puesta siempre en Lulu y nunca en Adam por completo.

Bo posó una mano amable sobre la rodilla escayolada de Lulu.

—Que no estés curada es incluso más razón por la que un centro de rehabilitación es el lugar adecuado para ti ahora mismo. Yo no podría cuidar de ti fuera de aquí, sobre todo si estoy trabajando a todas horas. Podrán hacer todas las cosas que yo no puedo hacer, y más.

—¿Cómo qué? ¿Darme de comer gelatina aguada y ponerme de los nervios con sus preguntas y sus pruebas? —Dejó caer la cabeza sobre la almohada, y sus ojos se inundaron de lágrimas—. Quiero irme a casa, Bo. Por favor, por favor no me dejes aquí.

A Bo se le encogió el corazón. Si por él fuera, nunca le negaría nada a Lulu. Pero no era decisión suya, esta vez no. Él no estaba preparado para cuidar de ella, y, al final del día, no había una casa a la que volver con ella. El motel que había usado más que otra cosa para guardar sus pertenencias y darse una ducha de cuando en cuando durante las últimas semanas no podía ser confundido con nada similar. Y antes de que pudiera buscar una residencia permanente, necesitaba al menos una nómina para demostrar que tenía unos ingresos estables y fiables.

—Te prometo que empezaré a buscar un trabajo esta noche. —Bo le ofreció una media sonrisa con los labios planos—. Pero no te hagas ilusiones. El precio de la vida aquí es más alto de lo que lo era en casa. Las cosas podrían estar ajustadas durante un tiempo, y, por ahora, tu seguro escolar está cubriendo esto. Tenemos que aprovecharlo mientras podamos.

Lulu se limpió la mejilla y sorbió por la nariz. Mantuvo la mirada fija en la escayola rosa que cubría su pierna desde la cadera hasta los dedos de los pies.

—No puedes buscar un trabajo esta noche.

Iba a ser su primera noche sola en el centro de rehabilitación, pero sus horas de visita eran más estrictas que las del hospital. No podía quedarse a pasar la noche como había estado haciendo allí. Aun así, podía quedarse hasta tan tarde como le permitieran.

—Me quedaré hasta que me echen. Te lo prometo.

Lulu arrugó la cara y miró a Bo con un ojo medio cerrado.

—¿Y qué pasa con Adam?

Bo reprimió un suspiro. Incluso en el estupor provocado por las drogas, Lulu le había hostigado a llamar a Adam. No hacía más que insistir en que querría estar con Bo durante estos «tiempos difíciles». También le recordaba que no era estúpida. Su amor por Adam estaba por lo visto escrito sobre su rostro. Mucho antes de que él mismo se hubiera dado cuenta, ella lo había sabido, y le gustaba recordárselo. Sin parar.

—¿Qué pasa con él?

—Esta noche es su gran pelea. —Lulu arqueó una ceja cuando Bo hizo una mueca de dolor—. ¿No crees que al menos deberías verla? Dudo que tengan canales de pago en este sitio tan pijo. Deberías encontrar un bar en el que lo pongan y apoyarle desde lejos. Estoy segura de que le encantaría. Después me informas, porque yo estaré deseando saber cómo le ha dado una paliza a su rival.

Quería hacerlo, de verdad. Pero era una estupidez. No solo porque había dejado a Adam y no tenía ningún derecho a seguir buscando una conexión, sino también porque sus peleas le daban pánico. Había sido ya bastante duro verle llegar a casa con heridas de forma tan frecuente. Había sido algo completamente diferente cuando Bo le había visto obtener esas heridas.

¿Cómo podía ver una pelea entera? Adam iba a acabar herido. En el estado actual de Bo, estresado, frágil y con el corazón roto, nunca sobreviviría a ver a algún idiota golpeando a su novio.

No, a su novio no. Más bien a su exnovio. O ex... lo que fuera que habían sido.

Bo bufó, y Lulu inclinó la cabeza a modo de pregunta. ¿Qué se supone que tenía que decirle? *No te preocupes por mí, me he pillado a mí mismo pensando en mi jefe como mi novio incluso aunque nunca quise aceptar esa etiqueta pese a que él me suplicó ese compromiso.*

Sí, no. No iba a pasar.

—Adam tiene mucha gente apoyándole, Lu. Yo voy a quedarme aquí. Contigo.

Ella exhaló con pesadez por la nariz y frunció el ceño.

—¿Me puedes traer un poco de agua?

Bo se puso en pie, agradecido de tener una tarea para distraerle. Especialmente una que podía llevar a cabo. Sentirse inútil era un infierno.

—Por supuesto. ¿Necesitas o quieres algo más?

Lulu negó con la cabeza y alargó una mano con la palma hacia arriba.

—¿Puedo usar tu teléfono mientras tanto? El mío está sin batería y quiero mirar mi Facebook.

Sin pensarlo, Bo se sacó el teléfono del bolsillo y se lo dio. Salió de la habitación con la jarra de agua en la mano y encontró el mostrador de las enfermeras. Una mujer ojerosa, inclinada sobre una pila de papeles, le envió en la dirección del pasillo por el que había venido. Las máquinas de hielo y agua estaban unas puertas más abajo de la habitación de Lulu yendo en la dirección contraria a la del mostrador.

Cuando volvió a la habitación de su hermana, ella estaba sonriendo. Él entrecerró los ojos y dejó el agua en la mesita que había sobre la cama.

—¿Por qué pareces un gato que acaba de cazar un ratón?

Se encogió de hombros y apretó los labios, fracasando a la hora de esconder la sonrisa.

—He visto algo divertido. Nada por lo que debas preocuparte, hermano mayor.

Poniendo los ojos en blanco, Bo le sirvió a Lulu un

vaso de agua, se lo dio y se dejó caer en el sillón al lado de su cama. El viaje tan corto no había hecho nada para apartar a Adam de los pensamientos de Bo. El estómago le dio un vuelco al pensar en él enfrentándose a una gran pelea. Sobre todo solo. Sobre todo cuando significaba tanto y tenía el poder de reforzar o destrozar su carrera.

Si las cosas hubieran sido diferentes, Bo hubiera estado ahí. Se hubiera quejado y probablemente hubiera vomitado la comida (por lo menos dos veces) por temor por su bienestar, pero Adam no hubiera estado solo. No estaría enfrentándose a un momento tan enorme e importante sin alguien a su lado.

¿Pero no era así como Adam siempre se había enfrentado a la vida? ¿Estando solo por elección propia? Tenía a su mánager y a su entrenador. Eran amigos, incluso si no eran muy cercanos. Eso era todo lo que él siempre había necesitado, así que ¿por qué pensaba Bo que querría algo diferente ahora?

Porque Adam había hecho muchas cosas con Bo que no había hecho nunca antes. Cosas que probaban que le quería para algo más que la simple facilidad de tener un compañero sexual que viviera con él, sin compromiso. Cosas que significaban algo.

Bo gruñó y dejó caer la cabeza sobre las manos. ¿Por qué no podría dejar de torturarse con esos pensamientos? No importaba si a Adam le importaba lo bastante como para intentar tener una relación de verdad. Ni siquiera importaba si Adam le quería.

Con Lulu enfrentándose a una recuperación larga y dolorosa, junto a una depresión y ansiedad incapacitantes, la única opción de Bo era mudarse a Berkeley. Tenía que ayudar a su hermana a ponerse en pie de nuevo, literal y figuradamente.

Lulu puso una de sus manos, pequeñas y delicadas, sobre la de Bo. Unos cortes con costra y moratones le recorrían la piel, igual que lo hacían prácticamente en todos los sitios que podían verse. Le picaron las lágrimas en los ojos cuando le apretó la mano.

—Ve. Sabes que quieres hacerlo. —Sonrió cuando Bo levantó la mirada para encontrarse con la suya—. Adam te necesita, incluso si no sabe que estarás viéndolo. Apuesto a que tendrá la esperanza de que lo hagas. Este es un gran momento para él. Tienes que estar ahí, como mínimo, como un amigo. Es lo menos que puedes hacer por todo lo que ha hecho por nosotros. Por darte el tiempo y el dinero para estar conmigo en el hospital. Por ofrecerse a hacer más si no fueras un caraculo tan cabezota que se niega a dejarle.

Bo apretó los labios, pero se le escapó una risita de todas formas.

—No soy el único que heredó la tozudez de nuestro padre.

Ella le sonrió y se encogió de hombros.

—Pero me quieres por ello. Aunque la tuya me irrita muchísimo. Ve. —Agitó la mano en dirección a la puerta—. No te olvides de llamarme y decirme qué ha pasado cuando haya acabado.

Negando con la cabeza, Bo se puso en pie. Si la atracción de ver a Adam, no fuera tan fuerte (incluso un Adam ensangrentado y amoratado que le rompiera el corazón), Bo nunca soñaría con dejar a Lulu. No en su primera noche en un lugar nuevo y aterrador.

Pero, por una vez, iba a ponerse a sí mismo y a sus necesidades sobre las de ella. No de forma permanente, pero esa noche encontraría algo de felicidad que llamar suya. ¿Y por la mañana? Encontraría un trabajo. Uno que pagase lo bastante como para conseguir un pequeño apartamento para él y para Lulu cerca del campus. Y uno que, quisiera o no su corazón, le permitiría cortar los lazos con Adam. Para siempre.

Capítulo veinticinco

Adam estiró el cuello hasta que crujió, dos veces. Les lanzó una mirada fulminante a Eddie y a Kyle, que estaban de pie frente a él con ceños fruncidos idénticos en sus rostros. Su irritación era de esperar, pero no le importaba lo que fuera que tuvieran que decir. Las decisiones que tomaba sobre su vida eran cosa suya, estuvieran ellos de acuerdo con eso o no.

—¿Vais a quedaros ahí y ser unos capullos gruñones toda la noche?

Eddie suspiró y miró a Kyle por el rabillo del ojo.

—¿Qué esperas? Tu cabeza no está en la pelea. Te van a comer vivo ahí fuera.

—¿Y qué si lo hacen? ¿A quién cojones le importa? —Adam golpeó una mano vendada sobre la palma de la otra mano. Mantener el título ya no estaba en el primer puesto en su lista de prioridades. De hecho, terminar con su carrera sonaba mejor y mejor cada minuto que pasaba—. He tenido una buena carrera. A lo mejor es hora de que otra persona coja el título.

—Gilipolleces. —Kyle caminó hacia Adam y le empujó el hombro con fuerza—. ¿Desde cuándo eres de la clase que se da la vuelta y se hace el muerto? Tienes una puta oportunidad de verdad de ganar esta noche si te sacas la cabeza del culo.

Adam pasó una pierna sobre el banco sobre el que había estado sentado a horcajadas y se levantó, usando su altura y su silueta, todavía más impresionante tras el campo de entrenamiento, para alzarse sobre su mánager.

—Estoy listo para retirarme, Kyle. Sabías que esto iba a pasar.

—Sí, cuando tu carrera llegara hasta ese punto de forma natural. No porque te hubieras rendido. —Eddie cruzó los brazos y se apoyó en la pared con la decepción escrita claramente en el rostro—. Nunca pensé que fueras del tipo que pierde una pelea a propósito, Littrell.

Adam exhaló con fuerza y negó con la cabeza.

—No voy a perder la maldita pelea a propósito.

—Es casi como si lo hicieras. —Kyle frunció el ceño, la frustración tallando líneas en su frente—. Subirte a ese octágono sin la meta de ganar es lo mismo.

Kyle no se equivocaba. La ambición de ganar de Adam ya no estaba ahí. Había estado desapareciendo durante un tiempo, reemplazada poco a poco por la esperanza de tener un futuro con Bo. Ver como se iba no había cambiado la nueva dirección de sus pensamientos, sobre todo después de la llamada que había recibido después del pesaje algo antes ese mismo día.

La visión del nombre de Bo iluminando la pantalla de su móvil había bastado para que Adam se volviera mareado y atolondrado. Las últimas semanas habían sido pura tortura. Un infierno que no se parecía a nada que hubiera conocido. Se había sumergido en el entrenamiento para distraerse, pero su corazón no había estado en ello. Si Eddie o Kyle hubieran estado prestando atención, hubieran visto el cambio de su concentración mucho antes.

La persona que llamaba resultó ser Lulu en lugar del hombre que él había esperado, pero las pocas palabras apresuradas que le había dicho le ponían una sonrisa en la cara incluso ahora.

Según ella, Bo se sentía tan miserable como él y, posiblemente, echaba de menos a Adam tanto como él echaba de menos a Bo. También había dejado claro que pensaba arrastrar a su hermano de vuelta a Las Vegas. De vuelta a su casa y a él.

Su única pregunta, antes de susurrar que Bo estaba volviendo y tenía que colgar, había sido preguntar si Adam aceptaría a Bo si volvían. Ni siquiera le había importado si se refería a aceptarle como asistente personal o como amante. Había dicho que sí, sin ninguna duda.

Lo que quería decir que, por primera vez en dos agonizantes semanas, tenía esperanza de nuevo. Porque incluso si Lulu no podía convencer a Bo de mudarse, Adam iba a recuperar a su hombre. La razón por la que vivía en Las Vegas era su carrera en la UFC. Si eso se acababa, sería libre de vivir en cualquier lugar. Y si Bo le aceptaba, quería que ese cualquier lugar fuera el lugar que Bo llamaba casa, fuera ese Berkeley, Las Vegas o algún lugar todavía desconocido.

Si podía recuperar a Bo en su vida, para siempre, Adam se mudaría al maldito Polo Norte si hacía falta. El lugar no importaba, solo la compañía.

—No voy a intentar perder a propósito, pero tampoco voy a suicidarme. Haré un esfuerzo sólido, pero si Zaragoza trae la pasión que he visto en los vídeos de entrenamiento, el cinturón le pertenece. —Adam se ajustó la coquilla bajo los pantalones de lucha. Las imágenes de Bo en brazos de la pasión hacían que estuviera un poco ajustado—. Si lo quiere más que yo, se lo merece.

Eddie soltó una risa sin gracia.

—Es el mejor luchador quien se lo merece, Littrell, y tú eres el maldito mejor luchador.

Fuera del vestuario, la llegada de Adam fue anunciada. El eco familiar de la voz exagerada resonó y rebotó en su cabeza en la que esperaba fuera la última vez. Un momento después, su canción de entrada sonó en el abarrotado MGM Grand Garden Arena.

Dio un paso adelante y les dio una palmada en el hombro a su mánager y a su entrenador, dándoles a los dos un apretón conciliatorio.

—Ha sido una aventura, chicos, pero creo que ya es hora de que dejemos que la Bestia descanse.

Adam gruñó cuando el repique del timbre reverberó, empeorando su ya terrible dolor de cabeza. No se movió del sofá, donde había estado durmiendo desde que Bo se fue. En su lugar, deseó que el inoportuno visitante se fuera y le maldijo con todas las palabrotas que su cerebro dolorido pudo conjurar cuando el timbre sonó una segunda vez.

Poniéndose de pie, Adam se tambaleó y se agarró al brazo del sofá. Se apretó una mano con cuidado sobre el lado de la cabeza, donde Zaragoza casi se la había arrancado de los hombros, y reprimió una oleada de nauseas hinchando las mejillas y conteniendo la respiración.

Haber ido al hospital para que le hicieran un escáner como su entrenador, ahora exentrenador, había sugerido, podía haber sido una buena idea. No era como si Adam no hubiera tenido una conmoción nunca, pero se estaba haciendo mayor y, cuantas más de las malditas lesiones sufría, más peligrosas eran. Y no había ninguna duda de que tenía una conmoción. Incluso si Adam hubiera salido a ganar la pelea, había pocas posibilidades de que lo hubiera conseguido. Zaragoza (quince años más joven que Adam y musculado hasta el límite de su clase de peso) había entrado en la pelea con las armas preparadas.

La maldita campanilla atravesó su cerebro una

tercera vez. Adam le frunció el ceño a la puerta. Estaba a solo unos pocos metros, pero, en su estado actual, podían haber sido miles de kilómetros. Arrastró los pies por el pasillo y tiró de la puerta, preparado para maldecir a quien fuera que estuviera en su porche.

Hasta que vio quien era.

—Joder. —Los ojos de Bo se abrieron como platos tras las gafas. Dio un paso adelante y, antes de que Adam tuviera la oportunidad de prepararse, esas manos suaves y familiares le rodearon la mandíbula—. ¿Por qué no te ha vendado nadie esto? ¿Has estado usando hielo al menos?

—Ah, no. —Adam se mordió los labios para esconder una sonrisa cuando las cejas de Bo se enfurruñaron con su respuesta. Algunas cosas no cambiaban nunca. Bo estaba hecho para preocuparse y cuidar de quienes le importaban.

Bo pasó un pulgar gentilmente por la mejilla de Adam. Tenía el ojo izquierdo tan hinchado que casi no podía abrirlo y, si la sangre que había estado seca por toda su cara la última vez que se había mirado en el espejo del baño significaba algo, tenía al menos unas pocas heridas abiertas. Eddie le había perseguido con el maletín de primeros auxilios después de la pelea, pero Adam le había rechazado. Había querido irse a casa. Preparado para retirarse o no, la severa paliza que había recibido había hecho más que daño físico. También le dolía el ego.

—¿Y por qué no? —Bo rechistó y bajó las manos. Agarró a Adam de la muñeca, tirando de él hacia la cocina—. ¿No ha estado cuidando nadie de ti desde que me fui?

Adam obedeció cuando Bo apuntó a una silla y le ordenó que se sentara. Se mordió el labio inferior (cortado e hinchado) para detener la sonrisa ridícula que amenazaba con tirar de las comisuras de su boca.

—Eddie lo intentó. Pero no le dejé.

—Por supuesto que no —murmuró Bo mientras hurgaba en el armario que había vaciado y llenado de suministros de primeros auxilios todos esos meses atrás—. Y dices que yo soy cabezota.

A Adam se le escapó una risita antes de poder pararla.

—Eres cabezota.

Bo puso los ojos en blanco mientras se acercaba a Adam con un puñado de vendajes y tubos de antibióticos y cremas analgésicas. Dejó su botín en la mesa junto a Adam antes de coger uno de los paquetes de hielo que guardaba en el congelador. Se lo ofreció a Adam con una ceja levantada.

—Sujeta esto donde te duela.

—Vamos a necesitar mucho más hielo si esa es la única especificación. —La sonrisa que había intentado retener estiró sus labios en cuando las cejas de Bo subieron más en su frente. Aceptó el hielo y se lo apretó contra la sien como un buen chico.

Aparentemente satisfecho con la cooperación de Adam, Bo volvió su atención hacia los objetos que había sobre la mesa. Abrió las vendas y varios de los ungüentos antes de acercar una silla para poder sentarse mirando a Adam. Frunció el ceño.

—Joder, Adam. Estás hecho un desastre.

—Nunca dije que fuera guapo. —Adam rio, bajando la bolsa de hielo ante la petición silenciosa de Bo para que pudiera atender el corte que tenía sobre el ojo.

Cuando Bo le hizo un gesto para que se volviera a sujetar el hielo contra la cara hinchada unos minutos más tarde, Adam obedeció.

—¿Puedo preguntar qué estás haciendo aquí? No es que me esté quejando pero... —Se encogió de hombros. ¿Cómo le decía al hombre que amaba que no había estado seguro de que fuera a volver a verle alguna vez? Mucho menos en su cocina. En Las Vegas. Sin su hermana—. Espera, ¿dónde está Lulu?

¿Había tenido ya éxito convenciendo a su hermano para mudarse? No, eso no era posible. Porque, tan herida como sonaba, esa mudanza sería una mudanza difícil. No algo que Bo pudiera hacer en una noche.

¿Y qué quería decir eso? ¿Qué estaba haciendo Bo allí?

Adam se movió en el asiento. El alma se le cayó a los pies cuando Bo evitó su mirada y se mantuvo ocupado recogiendo los envoltorios de las vendas en lugar de contestarle.

—¿Bo?

Bo suspiró, levantando los ojos para mirar a los de Adam. Tragó saliva y le ofreció una sonrisa débil.

—Lulu está en rehabilitación, y yo... —Reflejó el encogimiento de hombros de Adam—. Vi tu pelea ayer por la noche. Estaba preocupado por ti. Sé lo mucho que significaba para ti mantener el título y no... No quería que estuvieras solo.

El corazón de Adam empezó a golpear con fuerza y con rapidez tras las costillas, y su alma volvió a su lugar con un salto alegre. Miró el reloj digital en el microondas, dándose cuenta de qué hora era por primera vez. Solo era un poco más tarde de las nueve. Considerando que el evento principal (la pelea por el título entre Adam y Zaragoza) no había empezado hasta las diez de la noche, Bo había tomado un vuelo temprano, lo que era poco probable, considerando lo ahorrador que era, o había conducido toda la noche. Y lo había hecho porque se preocupaba por Adam lo bastante como para no querer que se enfrentara a la pérdida de su título solo.

Antes de que Adam pudiera formular una respuesta apropiada que no conllevara la declaración de su amor inmortal y un montón de súplicas con los ojos llorosos para que Bo volviera con él, Bo se levantó como con un resorte.

—Café. Necesitas café. ¿Por qué ya no está tu cafetera programada para hacerlo automáticamente? No puedes funcionar sin café.

Adam rio.

—No hacía más que preparar basura en lugar de cualquier cosa que pareciera café, porque nunca me acuerdo de añadir agua o cambiar el filtro y los granos. Así que apagué la maldita máquina.

Bo preparó la cafetera y la puso en marcha antes de volver a sentarse. Jugueteó con uno de los tubos de ungüentos y miró al suelo.

—Si prefieres que me vaya...

—Joder, no. —Adam dejó caer el hielo sobre la mesa con un ruido seco. Alargó las manos y cogió las manos cálidas de Bo entre las suyas heladas—. Solo me lo preguntaba. No había pensado que fuera a encontrarte en mi porche esta mañana. Es una sorpresa bienvenida pero inesperada. Eso es todo.

Bo apretó las manos de Adam y se inclinó hacia delante en su silla. Sus ojos verdes brillantes se centraron en los de Adam.

—Te he echado de menos. Te he echado tanto de menos.

Eso era todo lo que Adam necesitaba oír.

—Yo también, cariño. Yo también. —Tiró de Bo hasta que estuvo sentado en su regazo y escondió la cara golpeada en la familiaridad tranquilizadora del cuello de Bo. Bo pasó los brazos alrededor de las costillas de Adam y suspiró.

Todo era perfecto. Las heridas de Adam desaparecieron, igual que la distancia y el tiempo que les había separado. Su única preocupación en el mundo era el consuelo de la calidez delgada de Bo y las subidas y bajadas rítmicas de su pecho, que servían como pruebas de que Bo estaba vivo. De que era real.

En ese momento, nada más importaba, y cualquier cosa que importara podía esperar.

Capítulo veintiséis

Bo se sumergió en la fuerza y la calidez de Adam tanto tiempo como pudo antes de apartarse para fijar su mirada en esos preciosos ojos grises. Pasó un nudillo bajo el vendaje que había colocado sobre las peores heridas de Adam y frunció el ceño. Había tenido razón al asumir que ver cómo golpeaban a Adam le rompería el corazón. Pese a estar en un bar público, rodeado de gente, las lágrimas habían inundado sus mejillas.

Y eso había sido antes de la ronda final, cuando el árbitro había dado fin a la pelea anunciando la derrota de Adam. Estando allí de pie, ensangrentado y cubierto de moratones, Adam había aceptado la derrota como el campeón que realmente era. Pero, bajo el exterior estoico, a través de los ojos de un amante que le conocía bien, el corazón roto podía verse claramente.

Bo no se lo había pensado dos veces. Le había mandado un mensaje a Lulu para decirle que Adam había perdido, y, antes de que pudiera mandarle otro para decirle que iba a irse unos días, ella le había contestado con un «Conduce con cuidado y para si te cansas. Avísame cuando llegues a Las Vegas sano y salvo. Oh, y dale a Adam un abrazo de mi parte».

¿Cómo podía dejar que Adam se enfrentara a ese dolor solo? Solo porque cosas que no podían controlar les habían forzado a separarse, no quería decir que Bo le quisiera menos. Ni siquiera se había dado cuenta de lo mucho que sentía por Adam hasta que su separación le había obligado a dar un paso atrás. Cuando miraba todo lo que había dado por sentado durante su tiempo juntos (todo lo que Adam había intentado ofrecerle pero que él había rechazado), conducir a Las Vegas había sido la única respuesta lógica. Dejar que Adam sufriera solo era impensable.

—Lo siento mucho, Adam. —Bo apretó la mandíbula cuando la vergüenza agrió su estómago—. Por todo. Por irme del modo en que lo hice y no volver yo mismo para recoger mis cosas. Llamarte así y pedirte que lo hicieras cuando llevaba días sin hablar contigo fue... He sido un idiota y un...

Adam puso un dedo sobre los labios de Bo.

—No pasa nada. Hiciste lo que tenías que hacer para cuidar de ti mismo y de tu hermana. No hay nada de malo en eso. Tus prioridades estaban en el lugar correcto.

A lo mejor lo estaban, pero eso no quería decir que Bo hubiera llevado bien las cosas. Se había ido justo cuando estaba a punto de asegurar un compromiso que sabía que Adam quería tanto como él. En lugar de dejarle ayudar, Bo le había apartado. Había sido un cobarde egoísta, demasiado centrado en sus propios problemas para darse cuenta de lo que sus acciones podían hacerle a Adam.

—Parte de ese abrazo era de Lulu, por cierto. —Bo se retorció entre los brazos de Adam cuando Adam arqueó una ceja y movió las caderas para señalar sus mutuas erecciones—. Quiero decir, la parte de arriba, apta para todos los públicos. Todo lo de la parte sur era mío.

Adam rio. Su tenor familiar y profundo pasó sobre Bo como una ola reconfortante. La soledad y la miseria de las últimas semanas desaparecieron, reemplazadas por esa mezcla especial de seguridad, consuelo y felicidad cómoda que solo sentía en presencia de Adam.

—¿Cómo está el pequeño monstruo? Sonaba bien cuando hablamos ayer, pero...

—Espera, ¿hablasteis ayer? ¿Cuándo? ¿Cómo? Ni siquiera tiene tu... Oh. —Bo dejó caer los hombros y negó con la cabeza. Una sonrisa se despertó en sus labios—. Ese pequeño grano en el culo. Me pidió el teléfono prestado para mirar su Facebook porque el suyo estaba sin batería y después me pidió que le trajera agua con hielo. No pensé que lo usaría para cualquier otra cosa que no fuera lo que me había dicho o nunca se lo hubiera dado.

Riendo, Adam pasó las manos callosas por los brazos de Bo.

—Parecía tener un poco de prisa. Probablemente era por eso, ¿eh? —Sonrió—. ¿Entonces eso quiere decir que no sabes por qué me llamó?

—No, pero puedo adivinarlo. —Bo suspiró y se bajó del regazo de Adam. El café estaba listo, así que les sirvió a ambos una taza humeante y se unió a Adam en la mesa. En su propia silla esa vez—. Está deseando salir del ambiente estéril del hospital y volver a casa. Por desgracia he estado viviendo en un motel y no tengo una casa a la que volver todavía. Le dije que tendría que encontrar un trabajo antes de conseguir un apartamento, y por su puesto ella discutió diciendo que ya tenía uno.

Bo miró a Adam y se encogió al ver la sonrisita que había en su rostro. Justo como había sospechado. La pequeña maleducada le había pasado por encima y llamado a Adam para pedirle que alargara su amabilidad. Algo que Bo no quería. Tenía un graduado escolar y una vida laboral sólida. Podría y encontraría un trabajo que, incluso con los altos costes de vida en California, pudiera mantenerles. No era responsabilidad de Adam seguir mandándoles dinero.

—Lo siento. A Lulu nunca se le ha dado bien ver los límites o reconocer cuando no deberían cruzarse.

Adam entrelazó los dedos con los de Bo, levantando las manos unidas a sus labios para besarlas.

—¿Has hablado con Lulu de lo que quiere? Quiero decir, además de salir del ambiente del hospital.

La electricidad se despertó bajo la piel de Bo al sentir los labios de Adam. Le costó un gran esfuerzo apartar la mente de la cama enorme del piso de arriba y volver al tema del que estaban hablando. Aclarándose la garganta, movió la mirada para encontrarse con la de Adam y se centró en la calidez suave de su mirada.

—Está teniendo problemas en la universidad. El consumo excesivo de alcohol era más un síntoma de eso que cualquier otra cosa. Creo que ahora mismo necesita un ambiente estable No estaba del todo lista para estar sola, sobre todo tan lejos de casa y... bueno, lejos de mí. Nos hemos apoyado el uno en el otro casi durante todas nuestras vidas, ¿sabes?

Adam pasó el pulgar en círculos amables sobre sus nudillos unidos. Movió la cabeza a un lado.

—¿Quiere quedarse en Berkeley?

—¿Qué quieres decir? ¿Quedarse en la universidad? —Bo arrugó la frente—. Por supuesto que sí. Estaba tan contenta de conseguir entrar en esa universidad. Fue su sueño durante todo el instituto.

—¿Fue? ¿O es? —Adam le ofreció una sonrisa suave—. La verdad es que tuve la impresión de que quería volver a Las Vegas. ¿Te ha dicho algo a ti?

¿Lulu le había dicho a Adam que quería volver a Las Vegas?

Bo se frotó la nuca con la mano libre, y el estómago le dio un vuelco agradable cuando Adam le ofreció una de sus sonrisas inclinadas más adorables. ¿Cómo había soportado las dos últimas semanas sin el hombre que podía arreglar todos sus problemas con una sonrisa? Peor aún, ¿cómo podría sobrevivir el resto de su vida sin él?

—¿Lulu dijo eso ? ¿Que quería volver a Las Vegas?

Adam se encogió de hombros.

—No con esas palabras exactas, pero sí que dijo que planeaba arrastrarte de vuelta aquí. A Las Vegas... Y a mí. —Se aclaró la garganta, y un pequeño matiz rosa le coloreó las mejillas—. Quería saber si te aceptaría de vuelta. No me molesté en preguntar de en qué modo se refería porque la respuesta sería la misma de todas formas.

Bo tragó saliva mientras su corazón volvía a la vida con un ritmo errático. Podía sentir su pulso en la garganta. ¿A qué estaba jugando Lulu? No podía estar intentando librarse de él. Como poco, había dejado claro que quería estar con Bo y quería volver a casa.

—Oh, mierda.

Lulu no había querido que Bo se aprovechara del dinero de Adam. Su meta no había sido que se asegurara un sueldo viviendo a miles de kilómetros y no haciendo nada para ganarlo. Había querido que mantuviera su trabajo en Las Vegas porque quería volver a casa. No a un apartamento en Berkely donde se había hundido en la depresión, sino al lugar en el que había sido feliz toda su vida. El lugar al que ella y Bo pertenecían.

Apretando la mano de Adam, Bo liberó los dedos. Sacó el teléfono del bolsillo y le mandó un mensaje a Lulu. Esperó, sentado en el borde de la silla, hasta que contestó, poco más de veinte segundos más tarde. Prácticamente podía oír cómo Lulu ponía los ojos en blanco cuando leyó: «Ya te ha costado, genio. Sí, quiero volver a casa. A LAS VEGAS».

—¿Todo bien?

La nota de preocupación en la voz de Adam despertó una sonrisa en los labios de Bo. Dejó el teléfono sobre la mesa y volvió a subirse a las piernas de Adam, encantado cuando los labios de Adam se estiraron para responder a su sonrisa bobalicona.

—Parece que voy a volver a casa. —Bo rio cuando la sonrisa de Adam se amplió incluso más, y los ojos grises brillaron de felicidad—. ¿Te importa decirme cuál era tu respuesta? Ahora es imperativo que lo sepa.

Adam levantó una ceja en interrogación.

—¿Mi respuesta?

—A la pregunta de Lulu. La que no te molestaste en obtener especificaciones porque la respuesta sería la misma de todas formas.

—Oh, esa respuesta. —Adam sonrió y apretó el culo de Bo, acercándole incluso más—. Era un sí absoluto.

Bo movió las caderas de modo que sus pollas se rozaron. Ambos gimieron y el agarre que Adam tenía en su culo se hizo más fuerte. Los ojos de Adam humearon con deseo.

No había pensado que tendría otra oportunidad de hablar del tema que había planeado discutir en el hotel todas esas semanas antes, pero, ante una segunda oportunidad, Bo se encontró dudando.

No quería seguir siendo el asistente personal de Adam. Estaba seguro de tanto como eso. Necesitaba encontrar un trabajo en otro sitio. Algo fuera de su relación que pudiera mantenerles a él y a Lulu mientras permitía que él y Adam salieran. Sin obstáculos. Sin ningún riesgo excesivo para su estabilidad financiera o sin ninguna culpa innecesaria para Adam.

Si su relación no funcionaba, los dos necesitaban la libertad de poder alejarse sin consecuencias negativas. De otro modo, ¿cómo podían confiar en que el otro no seguía ahí para evitar alguna dificultad o incomodidad?

Pero no era su estado de empleado lo que hizo que Bo hiciera una pausa. Adam estaría de acuerdo con esos términos fácilmente. Era la idea de volver a Las Vegas y vivir lejos de Adam. La propia idea le irritaba la piel. Después de vivir juntos durante tantos meses, esa casa se sentía como su hogar. Sobre todo cuando podía meterse en la cama con el hombre que amaba todas las noches.

¿Pero podría Lulu encontrar un hogar allí?

Más importante, ¿querría Adam que lo hiciera?

—¿Cariño? —Adam puso los nudillos bajo el mentón de Bo, obligando a sus miradas a encontrarse—. Habla conmigo. Puedo ver cómo tus engranajes se mueven. No me dejes fuera. ¿Qué te preocupa?

Bo se pasó la lengua por los labios, tomándose un momento para disfrutar del destello de deseo que oscureció los ojos Adam como resultado. Entrelazó los dedos tras el cuello de Adam y frotó los pulgares donde el pelo empezaba a crecerle. Cuando Adam cerró los ojos y ronroneó, el nudo de nervios en el estómago de Bo se relajó.

—¿Qué pasaría si te dijera que no quiero volver como tu asistente personal?

Adam abrió un ojo, hizo una mueca, y después los abrió los dos.

—Diría que no me sorprende. También apoyaría completamente cualquier decisión que sientas que es correcta para ti, pero te pediría que consideraras permitirme manteneros a ti y a Lulu cómodos hasta que ella esté mejor. Ahora no es el momento de ponerse a buscar un trabajo nuevo. Lulu te necesita aquí, en casa, ayudándole a recuperarse. Podemos hacer que algunas enfermeras vengan durante el día, pero también necesita a su hermano. Su recuperación no va a ser solo física, después de todo. Ha pasado por muchas cosas.

El pulso de Bo se aceleró y apretó las manos donde descansaban en el cuello de Adam.

—Y por «casa» quieres decir...

—Aquí. —La expresión de Adam se endureció—. Quiero decir aquí. En nuestra casa. Solo porque te fuiste a Berkeley unas semanas para cuidar de Lulu no quiere decir que esta no siga siendo tu casa. Quiero que tú y Lulu os mudéis conmigo definitivamente. Te quiero, y por alguna loca razón, también aprecio a ese pequeño monstruo. Pero no le digas eso. Me gustan nuestras peleas.

—Sí, cuando no estáis destrozándome los tímpanos con vuestros intentos dolorosos de armonizar. —Bo rio, el sonido atragantándose en su garganta cuando se dio cuenta de algo como si un ladrillo le hubiera caído directamente sobre la cabeza. Dejó caer las manos para que descansaran sobre los hombros de Adam, y después cuadró los suyos—. Mecachís, Adam, no puedes dejar caer una bomba nuclear y después actuar como si el mundo no hubiera cambiado como resultado.

Adam levantó la barbilla e inclinó la cabeza a un lado.

—¿Pedirte que vuelvas es una bomba nuclear?

Bo bufó.

—No, pero decir «te quiero» sí lo es.

Cuando Adam se volvió del color de la ceniza, los ojos abriéndose como platos y la boca abierta de forma cómica, Bo sonrió. Así que no había sido una admisión a propósito. ¿Qué más daba? Tenía que decirse. Bo había esperado que sintiera lo mismo (prácticamente se había convencido a sí mismo de que lo hacía), pero escuchar las palabras de la boca de Adam hizo cosas extrañas y maravillosas en sus entrañas. Empujó suavemente el hombro de Adam, con cuidado de no presionar de verdad por si acaso había moratones escondidos. Los que sin duda había.

—No te preocupes, yo también te quiero, zoquete de gran corazón.

Adam gruñó y se puso de pie. Bo gritó, agarrándose con las cuatro extremidades ante el cambio repentino de equilibrio. Aunque no era como si Adam fuera a dejarle caer. No era como si Bo pensara que fuera a hacerlo nunca.

—¿Puedo llevarte a la cama? —La voz de Adam era un jadeo, ronca de deseo—. Creo que es hora de que hagamos el amor. De verdad.

Bo movió las caderas y gimió.

—Pensaba que no lo preguntarías nunca.

Capítulo veintisiete

dam se metió en la cama con Bo todavía agarrado a él como un mono. Un mono ridículo, sexy y con demasiada ropa. Algunos de sus cardenales protestaron ante el movimiento, pero los ignoró. Lo único que le importaba en ese momento era conseguir que Bo se desnudara. Necesitaba tocarle y sentir la calidez de su piel contra la suya.

Bo arañó la camiseta de Adam, jadeando, revolviéndose y gimiendo.

—Denudo, ahora.

—Como ordenes, mi amor. —Adam le guiñó un ojo y se retiró del agarre demandante de Bo. Se quitó la camiseta y alargó las manos hacia la de Bo, dando un tirón antes de darse cuenta de que el otro hombre se había quedado completamente parado—. ¿Bo?

—Oh, cariño. —El rostro de Bo se arrugó, y tocó tentativamente una roncha morada en las costillas de Adam. Solo una de muchas. Nada a lo que no estuviera acostumbrado después de una pelea, pero Bo nunca le había visto tan golpeado. Llevaban más materiales protectores e intentaban tener un poco más de cuidado unos con otros en el ring de entrenamiento, pero era una pelea a muerte en el octágono. Bajo todos esos focos, rodeados por el rugido de una multitud hambrienta de sangre y dolor, nadie se contenía.

Ni siquiera un viejo malhablado que decía que no quería ganar. Sobre todo frente a un oponente enfadado y agresivo que estaba dispuesto a darle sus pelotas a quien apostara más alto. Las defensas naturales de Adam había empezado a funcionar casi de inmediato, lo que quería decir que lo había dado todo. Zaragoza había peleado duro por la victoria y se la había merecido.

—Estoy bien, cariño. —Adam tiró otra vez de la camiseta de Bo—. No te he puesto las manos encima en semanas. Lo que necesito ahora mismo es a ti. Al completo. No te atrevas a contenerte o a tener cuidado conmigo.

Bo rio cuando Adam tiró de su camiseta una vez más. Levantó los brazos y permitió que le quitara la prenda de ropa antes de volver a mirar a Adam con una expresión seria.

—No te haré daño.

Poniendo los ojos en blanco, Adam salió de la cama y se quitó los calzoncillos.

—No vas a hacerme daño. Soy la Bestia. La Bestia desayuna dolor por las mañanas. —Eso, y que Adam estaba acostumbrado a ir por la vida diaria fingiendo que estaba bien, incluso después de una pelea brutal. Estaba acostumbrado a obligarse a aceptar el dolor.

Descansar en tus laureles es admitir la derrota. Era una frase que su padre decía con frecuencia, y una que se había quedado con él todos esos años. Nunca había dejado que Adam descansara, sin importar las circunstancias.

Agradar a su padre, aunque una meta ridícula, siempre había sido algo que Adam intentaba conseguir. Abandonar ese estrés de ser perfecto, de cumplir con las expectativas de su padre, sería uno de los muchos beneficios de su retirada. El mejor de los cuales estaba tumbado en la cama ante él, todavía vestido de forma inaceptable.

—Ayuda a un hermano, ¿no? —Adam tiró de los vaqueros de Bo—. Bájate la cremallera. Estos vaqueros tienen que irse.

Bo obedeció, curvando los labios en una sonrisa pequeña. Cuando estuvo finalmente desnudo, estiró los brazos y Adam se introdujo entre ellos. Sus cuerpos se amoldaron juntos como dos partes del mismo rompecabezas, cortadas en bordes desastrosos y angulosos hechos para encajar.

Pese a los deseos incesantes que querían hacerle frotar su polla, que había estado privada de placer durante demasiado tiempo, contra la calidez flexible del cuerpo acogedor de Bo, Adam se quedó quieto. Igual que Bo. Una oleada de emoción sin palabras pasó entre ellos, y sus agarres se intensificaron.

—Te quiero, cariño. —Las palabras salieron apagadas, ya que el rostro de Bo estaba hundido en el cuello de Adam, pero eran lo bastante claras como para mandar una chispa de felicidad sin restricciones al corazón de Adam.

Se separó lo bastante como para darle a Bo espacio para levantar la cabeza cuando Adam se lo pidió. Cuando sus miradas se encontraron, el corazón de Adam se hinchó incluso más. Bo parpadeó con lágrimas brillándole en las pestañas, las gafas manchadas y de lado. Adam le quitó las gafas, dejándolas en la mesilla antes de pasar el pulgar por la mejilla de Bo para recoger una sola lágrima que había escapado.

—Yo también te quiero, Beauregard Wilkins.

Bo suspiró, sonriendo como si estuviera bebido.

—Eso suena muy bien.

Adam murmuró su acuerdo, finalmente moviendo las caderas para aplacar el hambre descontrolada que hacía que la entrepierna y el estómago le dolieran.

—Hazme el amor. Quiero que nuestra primera vez, así, sea especial. Quiero sentirte dentro de mí.

Bo se quedó congelado, con los ojos abriéndose como platos.

—Nunca he... Quiero decir, tú tampoco lo has hecho nunca, ¿no?

Riendo, Adam les dio la vuelta hasta que estuvo de espaldas sobre la cama y Bo estuvo sobre sus caderas.

—No, nunca he sido el que recibe. Nunca lo he querido antes, pero he soñado con hacerlo contigo. Quiero que seamos iguales en todo, y eso empieza aquí. En la cama. —Subió ambas manos por los muslos de Bo, disfrutando del gemido tenso que las siguió—. Quiero que me tomes, igual que hice yo contigo en ese hotel. Piel con piel, corazón con corazón. Quiero ser tuyo.

—A este ritmo no duraré más de dos embestidas. —Bo jadeó las palabras, descansando su peso sobre unos brazos temblorosos, con las palmas de las manos apoyadas en los pectorales de Adam—. A lo mejor deberíamos esperar hasta que...

—Ni de coña. —Adam agarró la polla de Bo, acariciándola un par de veces de modo que la espalda de Bo se arqueó y una ristra de murmullos incoherentes salieron de sus labios—. A no ser que estés en contra de la idea, lo que sería completamente justo, sabes que puedes decir que no, entonces te quiero enterrado en mí cuando te corras. No me importa si son tres segundos, tres minutos o tres horas.

Quería decir cada palabra. Había soñado con encontrar esa conexión única con Bo desde demasiado pronto en su relación. El deseo de que otro hombre le llenara nunca le había llamado la atención, y nunca había sido algo que le pidieran hacer. Lo contrario, de hecho. Se esperaba que la Bestia siempre fuera dominante y tuviera el control.

¿Pero con Bo? Adam quería dar tanto como quería recibir. Quería que su amor encontrase un terreno neutral, no seguir estereotipos y demandas que solo eran adecuadas para el mundo exterior. En su pequeña burbuja podrían ser y hacer lo que fuera que quisieran. Y Adam quería darle a Bo el regalo de la vulnerabilidad. Tanto la suya propia como la de Adam.

Bo puso una mano tierna alrededor de la muñeca de Adam y tiró, un gruñido delicioso saliendo de sus labios cuando Adam soltó su polla tras la petición silenciosa. Con una dirección temblorosa, movió la mano de Adam a su propio miembro, envolviéndola con sus manos unidas y devolviéndole el favor dulce y atormentador con unas pocas caricias intencionadas. Cuando usó su otra mano para sujetar y masajear las pelotas de Adam, Adam apretó la mandíbula y dejó escapar un gemido incoherente.

Sonriendo, Bo continuó con ambas acciones, moviendo las caderas al ritmo de sus manos.

—¿Puedes alcanzar el lubricante?

Con el pecho subiéndole y bajándole mientras intentaba recuperar la respiración, Adam asintió. Alargó la mano a ciegas hacia la mesilla de noche, tirando varias cosas al suelo con un golpe sonoro antes de encontrar el pomo del cajón y tirar con fuerza. Afortunadamente, el lubricante era lo primero en el cajón. Lo sacó y lo tiró sobre la cama al lado de la rodilla de Bo.

Bo separó sus dedos y levantó las cejas cuando Adam dejó caer las manos a su lado.

—Esto va a ser rápido, cariño. Te necesito tan cerca del borde como sea posible para que yo tenga una sola posibilidad de hacerte sentir bien. Sigue trabajando con esa meta mientras nos preparo.

Una risa (tensa, cachonda y ridícula) salió como burbujas de la garganta de Adam. Si Bo tuviera una idea del esfuerzo que le había estado costando no correrse durante los últimos minutos, estaría trabajando mucho más rápido con ese lubricante.

—Cariño, tengo treinta y ocho años. Todavía no he dejado mis años dorados, pero tampoco soy un jovencito.

Confía en mí, si crees que lo tuyo es malo, no es nada comparado con dónde estoy yo. Si no hubiera estado repasando tablas de multiplicar durante los últimos diez minutos, esa petición no hubiera tenido sentido. Confía en mí, estoy al límite. Estoy muy, muy al límite.

Bo sonrió, con el rostro enrojecido iluminándose como si fuera la puta mañana de Navidad.

—Bueno, gracias a Dios por toda esa preparación para los exámenes. Te dije que memorizar esas tablas de multiplicar sería beneficioso en algún momento.

—Sí, ha hecho mucho para mejorar el valor de mi vida sexual, eso está claro. Sería una pena si me corriera antes de que el hombre al que amo pusiera su hermosa polla dentro de mí, ¿no? —Adam sonrió, obedeciendo la petición silenciosa de Bo de que doblara las rodillas. Cuando esa primera intrusión de dedos lubricados encontró su culo, frotando en pequeños círculos, cerró los ojos y murmuró con placer—. Adelante, estoy preparado.

Hubo un gruñido grave, seguido de un aumento de la presión cuando los dedos de Bo se introdujeron. Los movió despacio dentro y fuera mientras Adam se concentraba en su respiración. No era una sensación a la que estuviera acostumbrado, pero no era una sensación desagradable. Sobre todo no cuando Bo giró la mano, dobló los dedos y acarició. Una oleada de placer derretido irradió desde algún lugar profundo de la entrepierna de Adam.

—Joder.

Bo sonrió.

—Ahora ves por qué no tengo absolutamente ningún problema con ser el que recibe. Solo espera. Mejora, por lo menos para mí, cuando estás lleno y siendo estimulado desde todos los ángulos posibles. Incluyendo estos abdominales deliciosos acariciando mi polla.

Cuando los dedos de Bo pasaron por el estómago de Adam, este exhaló y le agarró la muñeca. Una pizca de desesperación que ni siquiera trató de esconder coloreó sus palabras cuando habló.

—Por favor. Tómame. Dame eso. Dámelo todo.

Era egoísta por su parte pedir esas cosas. Pedirle a Bo que le diera tanto cuando tenía la intención de quedarse allí tumbado y tomarlo. Pero así era como funcionaba. El toma y daca no era siempre igual al principio, pero siempre lo era al final.

Bo liberó los dedos, y la sensación de vacío que los siguió era una sensación extraña y que le hizo sentir que quería más. Adam movió las caderas, agarrando el edredón bajo él para evitar darle la vuelta a Bo y tomar lo que su cuerpo deseaba tan claramente. Porque no se trataba de conseguir el alivio donde fuera que su polla hambrienta pudiera encontrarlo. Se trataba de las propias bases del amor, de compartir un placer mutuo y de valorar al hombre a quien pertenecía su corazón.

Con movimientos inciertos y temblorosos, Bo se alineó en la entrada de Adam, levantó una ceja a modo de pregunta para asegurarse de que Adam estaba listo (sí, maldita fuera) y presionó.

Adam dejó ir el edredón y en su lugar rodeó a Bo con los brazos, poniendo sus cuerpos juntos. Su labio inferior estaba cortado, hinchado y dolorido (la única razón por la que no había robado un beso y probablemente la razón por la que Bo tampoco lo había hecho), pero cuando su corazón casi explotó con la conexión, el dolor no pudo importarle menos. Deslizó una mano tras el cuello de Bo y juntó sus bocas, gruñendo cuando Bo se abrió para él sin dudarlo.

Después se movió. Pequeños y dulces movimientos de cadera deliciosos que mandaron una oleada de deseo decadente por todos los nervios del cuerpo de Adam. Bo tenía razón. No había nada parecido a la sensación de estar lleno por el hombre al que amas, con cada punto de placer posible estimulado de forma inesperada y deliciosa.

Bo separó los labios de los de Adam. Arrugó la cara con una expresión determinada.

—Mierda. Te dije que no iba a durar.

—Adelante, cariño. Córrete para mí. —La voz de Adam era ronca, una prueba de su propio intento de mantener el control. Si Bo se dejaba ir, él también podría hacerlo.

Asintiendo, con la respiración en jadeos cada vez más cortos, Bo arqueó las espalda, clavó las uñas en el pecho de Adam y gritó mientras su alivio se deslizaba por su cuerpo. Adam se agarró al borde solo un momento más, solo lo bastante como para deleitarse en la belleza de la rendición de Bo, antes de dejarse caer con él.

Bo fue el primero en moverse. Dejó besos en cada centímetro expuesto de la piel de Adam que podía alcanzar, antes de levantarse apoyándose sobre las manos. Sonrió, y la alegría brilló en las gemas de color esmeralda que eran sus ojos.

—Haré un trato contigo.

—Vale. —Adam alargó la palabra, una sonrisa tirando del labio hinchado—. Dispara.

—Traeré al grano en el culo de mi hermana a tu, no, perdona, a nuestra casa. Incluso te dejaré poner el dinero para mantenerme aquí hasta que ella esté lo bastante bien y yo pueda buscar otro trabajo, pero solo con una condición.

El corazón de Adam, que todavía estaba luchando para volver a su velocidad habitual, latió con una fuerza renovada.

—Nómbralo y es tuyo. Cualquier cosa. Todo.

La sonrisa de Bo se volvió malvada. Movió las caderas donde sus cuerpos todavía seguían unidos, mandando una descarga eléctrica por la columna vertebral de Adam.

—Tienes que dejarme hacer eso otra vez. Quizás más de una vez.

—Oh, cariño. —Adam rio a carcajadas, abrazando de nuevo a Bo—. Podemos hacer eso todas las veces si quieres. Cuando quieras.

Bo resopló.

—De ninguna manera. No voy a abandonar el placer de ser el que recibe. ¿Y si nos turnamos?

—Me parece justo, pero hay un área que me preocupa de la que me gustaría hablar. —Adam posó un beso sobre la cabeza de Bo cuando simplemente murmuró a modo de pregunta—. Mientras Lulu esté viviendo aquí, ¿podemos relajar las reglas? ¿Al menos un poco?

—¿Las reglas? —Bo levantó la cabeza y frunció el ceño—. ¿Qué reglas?

Riendo, Adam apretó el pulgar sobre la V arrugada de la frente de Bo y la acarició hasta alisarla.

—Las reglas de dormir vestidos y sin sexo.

—Oh, que le den a eso. —Bo dejó caer la cabeza y la escondió en el cuello de Adam—. Como dijiste, Lulu es una chica mayor. Sabe lo que pasa entre dos personas que se quieren. Podemos comprarle tapones o un sistema de altavoces muy alto.

Adam tiró del edredón, poniendo la parte libre sobre la espalda de Bo hasta que estuvieron asentados bajo su calidez. Estaban pegajosos y necesitaban lavarse, pero eso podía esperar. Por ahora, iba a disfrutar de abrazar a Bo y deleitarse en el brillo del futuro que se abría ante ellos. Porque juntos, sin importar lo que la vida les pusiera en el camino, el secretario y el luchador ya habían encontrado su felices para siempre.

Epílogo

Cuatro años y medio después

—No puedo creerme que mi hermana pequeña se esté graduando en la universidad. —Bo sollozó, limpiándose las lágrimas que le caían en pequeños arroyos por las mejillas. Se acomodó en el abrazo cálido de Adam, descansando la cabeza sobre su hombro mientras la masa sin fin de estudiantes con togas de graduación tomaban sus asientos en el campo de fútbol de la Universidad de Nevada.

—Ese serás pronto tú, cariño. —Adam apretó el brazo de Bo—. Solo un año más.

Pensar que tendría un título universitario algún día todavía mandaba escalofríos por la espalda de Bo. Un título dual de historia e inglés, de hecho. Considerando que había cumplido los veinticinco sin tener el graduado escolar, el sueño de la universidad siempre había sido eso, un sueño.

Un sueño que Adam le había ayudado a hacer realidad. No solo al unirse a él para conseguir sus graduados escolares, sino estando a su lado y apoyándole a través de todo desde entonces.

Las vicisitudes asociadas con la recuperación agónica y larga de Lulu. Las batallas que habían librado para que volviera a la universidad y después al fin a vivir sola. Las lágrimas y la culpa con las que Bo se había enfrentado a ambas cosas.

Pero no todo había sido malo. Todo lo contrario, de hecho. Los casi cinco años desde que Adam Littrell había entrado en la vida de Bo eran con diferencia los mejores años de su vida. Adam le entendía. No luchaba contra las necesidades o deseos de Bo, incluso cuando eran ridículos. Le apoyaba de forma incondicional y lo había hecho desde el principio. Solo le había costado a Bo algo más que a Adam darse cuenta de lo que tenían.

¿Una vez lo había hecho? No había vuelta atrás. Su amor se hizo más fuerte cada día, sujeto por sus experiencias compartidas, tanto los éxitos como los fracasos.

Había sido sugerencia de Adam que Bo fuera a la universidad. Una vez se hubo asentado en un trabajo en una librería local, uno que se había convertido al fin en una posición de gestión que todavía tenía, Adam le había dado un empujoncito para que se inscribiera. Había sabido que Bo siempre había querido hacerlo, pero era lo bastante observador como para darse cuenta de que nunca lo consideraría por sí mismo. Era algo que había visto como una extravagancia egoísta.

Pero ahí era dónde Adam había llegado para salvar el día, una vez más. Como un regalo para Bo, y por supuesto para Lulu, Adam había establecido un fideicomiso para Lulu. Cubría no solo los gastos de la matrícula, si no otros «incidentales» como el alquiler, la comida y los libros.

Al principio había sido difícil de aceptar para Bo. Se sentía como si fuera caridad, y tenía miedo de que creara hostilidad entre ellos y pusiera lo que tenían en riesgo. Pero eso había sido al principio de su relación, antes de que aceptara lo puro de corazón que Adam era en realidad. Lo había hecho porque quería y porque podía, pero también porque sabía que Bo siempre se preocuparía por Lulu. Al establecer ese fideicomiso, esencialmente había quitado esa carga financiera de los hombros de Bo y le había dado la libertad de tomar decisiones para sí mismo, en lugar de preocuparse por cómo le afectarían a ella.

Lo que significaba que se había agarrado a la idea de volver a la universidad e ido a por ello. Incluso había aceptado otro regalo generoso de Adam: un fideicomiso en su propio nombre para cubrir los gastos de su carrera. Había sido otra cosa difícil de aceptar, pero Adam podía ser sorprendentemente persuasivo. Y locamente paciente.

Dos habilidades que ayudaron mucho a construir su propia carrera. Después de retirarse, Adam se había debatido durante un tiempo. Se había concentrado en Bo y en Lulu, pero estaba claro que estaba perdido sin la estructura de sus entrenamientos diarios y el calendario de entrenamientos. No era como si hubiera dejado de hacer ejercicio, pero ya no tenía una meta a la vista. Esa parte de él que había pasado cada día desde que era un adolescente preparándose para la próxima pelea, para la próxima victoria, se había quedado vacía y abatida.

Bo había entendido ese sentimiento demasiado bien. Después de pasar años como un trabajador sin educación, sin otro propósito en su profesión que poner comida sobre la mesa, había prosperado en la librería. Era su lugar. Algo que amaba y que sumaba a su felicidad. Sabía dónde estaba la mente de Adam porque ahí era donde su cerebro había estado durante la primera mitad de su veintena.

Fue por casualidad que Adam se tropezó con su trabajo actual. Unos tres meses después del accidente de Lulu, se había ocupado de su rehabilitación en casa. Iba con ella a todas sus citas médicas mientras Bo estaba en el trabajo y le ayudaba a hacer los ejercicios con seguridad y eficiencia en casa. Fue Lulu quien sugirió que Adam usara sus habilidades de entrenamiento y su paciencia inagotable.

Unos meses después, Adam había abierto su propio gimnasio. Se centraba en la población joven más que en los adultos, e incluso había empezado un programa para niños y adolescentes poco privilegiados para que pudieran unirse al gimnasio sin suponer un esfuerzo extra a las finanzas de sus familias. Les proporcionaba un lugar seguro al que ir después del colegio e incluía toda la equipación necesaria, la ropa, y una merienda saludable todos los días para mantenerles hasta la cena.

Cuatro años después, el gimnasio de Adam había crecido tanto, y su programa de extraescolares había resultado tan beneficioso para la comunidad, que había abierto otras dos localizaciones y conseguido dinero de subvenciones para mejorar el lado caritativo.

—Ahí esta, cariño. —Adam abrazó los hombros de Bo—. Nuestra pequeña monstruo, toda crecida y una graduada universitaria.

Bo sonrió cuando los altavoces dijeron «Tallulah Wilkins, graduada en artes informáticas». Estaba lejos de su meta original de ingeniería mecánica, pero Lulu se había enamorado del lado técnico de su carrera. Tanto que ya tenía un trabajo esperándole con la compañía en la que había hecho las prácticas como programadora informática ayudando a desarrollar módulos de enseñanza digital para estudiantes de primaria y secundaria en Nevada y más allá.

Se quedaron sentados mientras el resto de estudiantes salieron para caminar por el escenario, después observaron mientras la clase que estaba graduándose tiraba los bonetes al aire, se quitaban las túnicas que sin duda les estaban dando calor y se escapaban como hormigas a las celebraciones que les esperaban.

Después de besar a ambos hombres en la mejilla antes de unirse a sus compañeros de graduación, Lulu había prometido que les visitaría el día siguiente para celebrarlo. Pero sus planes de ese día giraban alrededor de su grupo de amigos, algo con lo que Bo estaba completamente conforme. Al contrario que las manzanas podridas con las que se había involucrado en UC Berkeley, estas eran buenas personas que la elevaban en lugar de arrastrarla.

—Bueno. —Bo se volvió hacia Adam con la felicidad hinchándole el corazón—. ¿Qué deberíamos hacer para celebrar?

Adam sonrió.

—Puede que tenga una idea.

—¿Oh? ¿Y qué podría ser eso? —Bo rio cuando la sonrisa de Adam se convirtió en una sonrisa pícara—. Oh, oh. ¿Por qué tengo un mal presentimiento sobre esto? No más sorpresas. Lo prometiste.

A lo largo de los años, la mala suerte de Adam nunca había fallado. Pero le gustaban tanto las sorpresas que seguía intentándolo. Bo le había hecho prometer en broma que no lo intentaría más después de la última vez en la que su cocina casi se había quemado por completo. Pero sabía tan bien como Adam que no lo había dicho en serio.

Al menos había resultado en una excusa para redecorar, y Adam le había dado carta blanca y un cheque en blanco para montar la cocina (un lugar que Bo frecuentaba mucho más que Adam) como quisiera.

En lugar de devolverle una burla propia, Adam se movió en el banco y se arrodilló. En mitad de un estadio lleno de gente, levantó una caja de joyería de Cartier y se mordió el labio.

El corazón de Bo se aceleró y su estómago dio un vuelco. Intento cerrar la boca, pero la maldita de ella seguía abierta mientras Adam abría la caja para revelar un precioso anillo de compromiso de oro blanco (no, conociendo a

Adam, de platino) incrustado de diamantes.

Madre del amor hermoso.

Las mariposas vivieron en las entrañas de Bo, sus alas golpeando sus órganos hasta que incluso su cerebro sintió el impacto. La felicidad hizo que se mareara y estuviera atolondrado.

Adam Littrell se le estaba declarando.

Una horda de mujeres a su derecha vieron a Adam de rodillas y lo encontraron tremendamente excitante. Sus gritos animados y la forma en la que apuntaban atrajo a una multitud incluso mayor y, antes de que Adam pudiera decir una palabra, docenas de ojos observaban cada movimiento.

—Yo, eh, no había planeado tener audiencia. —Adam tragó saliva y miró del grupo creciente de mirones a la sonrisa, que sin duda era bobalicona, de Bo, con las mejillas cubiertas por una barba de tres días teñidas del tono rosa favorito de Bo.

—¿Qué pensabas que pasaría si hacías esto ante un grupo enorme de personas después de un evento emocional? —Bo rio y, porque quería a Adam más de lo que las palabras podía expresar, adelantó la mano izquierda—. La respuesta a la pregunta que no me has hecho es un sí rotundo. Ahora ponme esa cosa en el dedo para que pueda aumentar tu vergüenza besándote hasta dejarte tonto frente a toda esta gente.

La pequeña multitud gritó, atrayendo incluso más atención. Mientras Adam se peleaba para liberar el anillo, sus mejillas ahora de color carmesí pero con una sonrisa enorme en la cara, alguien entre la gente le reconoció. Dieron la alarma y, para cuando Bo cumplió la promesa de plantar un gran beso sobre los labios de Adam, la gente estaba haciendo fotos con sus teléfonos móviles. Su momento especial estaría en Internet en segundos para que todo el mundo lo viera.

Pero a Bo no le importaba y a Adam tampoco le importaría. Estaban acostumbrados a que sus vidas privadas se expusieran al público. No era algo que buscaran, pero cuando pasaba lo aceptaban y seguían con sus vidas.

Adam se levantó y rodeó a Bo con los brazos. Presionó los labios cerca de la oreja de Bo, su respiración caliente haciéndole cosquillas en la piel sensible de esa zona.

—Mis malditas sorpresas nunca salen como las había planeando. ¿Cuándo aprenderé?

Bo mordisqueó la mandíbula de Adam y rio. No cambiaría nada del hombre al que amaba, mucho menos su tendencia a llevar a cabo grandes, elaboradas y frecuentemente desastrosas sorpresas. Si iban a pasar el resto de sus vidas juntos, quería que fuera exactamente quién era. Nada más y nada menos.

—Pienso que nunca, cariño, y yo no lo tendría de otra forma.

Nota de le autore

Me gustaría dar las gracias, de todo corazón, a las personas que se han tomado el tiempo de leer la historia de Bo y Adam. Siendo mi primera novela, estos personajes son muy queridos y cercanos para mí. Su publicación fue algo parecido a una montaña rusa, ya que mi editorial cayó en una crisis financiera, y recuperé los derechos solo dos meses tras la publicación. Pero me alegra poder decir que mis chicos encontraron un hogar en Clandesdyne y yo no podría ser más feliz.

Si os ha gustado esta primera entrega en mi saga de retellings de cuentos de hadas ambientados en Las Vegas, Nevada, entonces mantened los ojos abiertos para el próximo libro, que debería publicarse en el invierno de 2020.

Para terminar, si estáis interesades en apoyar a autores como yo, la mejor forma de hacerlo es escribir una reseña en Amazon, Goodreads y/o la tienda que escojáis. Las reseñas son la mejor manera de ayudar a que otros lectores encuentren vuestros libros favoritos y darles las gracias a les autores que dejan su sangre, sudor y lágrimas en los trabajos de los que habéis disfrutado.

Hasta que nos volvamos a encontrar entre las páginas de un libro, id y sed maravilloses, bonites.

Sobre le autore

Evie Drae (elle) es enfermere durante el día y une autore superventas de romance M/M por la noche. Está casade con el amor de su vida, es le madre de tres maravillosos bebés peludos y funciona casi exclusivamente gracias al café y las buenas vibraciones.

Ha sido ganadore en siete competiciones de Romance Writers of America® (RWA®), incluyendo el prestigioso título de «Best of the Best» en el Golden Opportunity Contest en 2018. Fue doble finalista en el Golden Heart® de 2019, en las categorías de romántica contemporánea y suspense romántico, y ha sido finalista en cuatro concurso adicionales de la RWA.

Una de las cosas favoritas de Evie es animar a sus compañeres escritores. Con eso en mente, empezó los hashtags #writeLGBTQ and #promoLGBTQ en Twitter para apoyar y promocionar a autores y aliades LGBTQ+ authors and allies al mismo tiempo que proporciona un lugar seguro en el que crecer y conectar como comunidad. También ha empezado dos grupos de Goodreads para impulsar este esfuerzo. Write LGBTQ+ Beta Readers tiene el objetivo de conectar escritores con los importantes lectores beta para sus manuscritos, y Write LGBTQ+ ARC Readers hace un esfuerzo para conectar a les autores publicades con lectores dispuestos a escribir reseñas a cambio de una copia avanzada de su próxima publicación.

Página web/blog: https://www.eviedrae.com/

Twitter: https://twitter.com/EvieDrae

Facebook: https://www.facebook.com/eviedraeauthor

Agradecimientos

El trayecto entre aspirar a ser novelista y tener una novela publicada es un viaje largo y arduo. Dicen que se requiere de un pueblo entero para criar a une niñe, pero se requiere casi de la misma cantidad de personas para educar a une autore. Me gustaría extender todas las «gracias» y enviar un millón de abrazos, besos y chocolate a las siguientes personas:

Primero, a Benjamin, el mejor compañero de vida que alguien pudiera desear, que pone mis sueños en los primeros puestos de nuestra lista de tareas y soporta mis pataletas de escritore con elegancia y amabilidad. A mi madre, que me inculcó el amor por la lectura siendo muy joven. A mi padre y mi madrastra, que nunca se olvidan de preguntar por y apoyar mis triunfos como escritore. A mi hermano Andy, su mujer Shaila y su hija Ava, que sin duda estarán entre mis primeras ventas, incluso aunque a Ava no le dejarán leer esta historia hasta que tenga por lo menos dieciocho años. A toda mi familia política, que me quiere como si fuera su propia hija, hermana y tía. A mi Dollface, que siempre cree en mí incluso cuando yo más dudo de mí misme. A Becky, que lleva el amor y la devoción de una «hermana gemela» hasta un nivel completamente nuevo.

A mi primere editore, Sione Aeschliman, que me enseñó el valor del feedback profesional y cómo hacer que mis palabras brillen. A mi editora de contenido, Sue Brown-Moore, que vio el potencial en mi voz e hizo que mis sueños literarios se hicieran realidad. A mi editora jefe, Desi Chapman, y al resto del equipo editorial, que me ayudaron a hacer de mis palabras lo mejor que podían ser.

A mi increíble comunidad #amwriting de Twitter, sobre todo a las personas bonitas que participan en #writeLGBTQ+, que me sostienen y me ayudan a avanzar, un día tras otro. A mis crítiques, lectores beta y animadores: Jess, Hannah, Meka, Marit, Lindsay, Sarah, Courtney, Brent, Scott, Maureen, Cora, Tara, Julie, Alex, Jenn, Tia, J, Heather, Karen y Micah. Sois todes dioses en mi mundo. A mis mayores apoyos en este proyecto: Laz y Cristina, cuyos pompones verbales hicieron que este libro fuera posible.

Y, para terminar, a mi lectora alfa y mejor amiga, Lily, que tiene el honor de ser la primera persona en leer mis palabras no académicas. Sin su apoyo, amor y charlas nocturnas, yo no estaría aquí hoy.

www.ingramcontent.com/pod-product-compliance
Lightning Source LLC
Chambersburg PA
CBHW022015170626
46808CB00001B/427